はなの味ごよみ

蛍の約束

高田在子

角川文庫
22791

目次

第一話　蛍の約束

急坂を上りながら、はなは顔をしかめた。地面を踏みしめたと同時に、草履の下で小石がぐらりと動いた。うっかり気を抜けば、足を滑らせて転んでしまう――。

思わず立ち止まると、前を行く良太《りょうた》が振り返った。

「大丈夫か？」

すぐに引き返してきた良太は気遣わしげな目で、はなをじっと見下ろした。

はなは笑って、元気よく足踏みをしてみせる。

「大丈夫。坂道は、あと少しでしょう？」

良太がうなずく。

「頂上まで行けば、富士《ふじ》の山がよく見える」

はなは笑みを深めた。

「じゃあ頑張ろう」

滑り止めの丸太が埋め込まれた石敷きの道を、はなは再び上り始めた。良太もゆっくりと足を動かす。

喜楽屋《きらくや》を出てから、およそ一時（二時間）――良太に連れられて、はなは渋谷《しぶや》宮《みや》益町《ますちょう》の富士見坂《ふじみざか》までやってきた。

人通りがまばらな坂道の両側には、茶屋なども多く建っている。

良太がゆったりと辺りを見回した。

「夏になれば、この道も賑《にぎ》わう。大山詣《おおやまもう》でに行く者たちが通るんだ。江戸《えど》の赤坂御《あかさかご》門《もん》から足柄峠《あしがらとうげ》へと向かう、大山道の一部になっているからな」

相模《さがみ》の霊山である大山を詣でるため、数多くの講が結成されている。特に山頂への参詣《さんけい》は六月二十七日から七月十七日までの二十日間と決められているので、夏は非常に混むのだという。

「この富士見坂の茶屋は、富士の山を眺めて楽しむ者だけでなく、大山などへ向かう旅人の休み処にもなっているんだ」

良太の言葉にうなずこうとしたはなを追い抜かして、一人の男がひょいひょいと急坂を上がっていった。軽装に、慣れた足取り――きっと地元の者だろう。

はなは大きく息をついた。

江戸の町の者では、あそこまで勢いよくこの急坂を上ってはゆけまい。江戸にも坂道はあったが、はなが歩いた近辺に、ここまでの難所はなかった。

ふと、鎌倉《かまくら》の山道が頭に浮かんだ。

鎌倉で暮らしていた頃のはなであれば、もっと身軽にこの坂道を上れただろうか――今のはなは、江戸の暮らしにすっかり慣れてしまったのか――まとう着物も、喜楽屋で暮らしていた時より、さらに変わっている――。

はなは歯を食い縛って急坂を上り続けた。

足を止めるな。

ここからさらに変わって、今度は駒場《こまば》の暮らしに馴染《なじ》まねばならぬのだ。

「着いたぞ」

坂の頂に立って顔を上げれば、雪化粧をした富士の山が遠くに見えた。

ほうっと大きな息が、はなの口から洩《も》れる。

富士の山を目にしたとたん、たまらない安堵《あんど》感《かん》が込み上げてきた。

日本一の高さを誇る富士の山は、江戸からも、鎌倉からも見える。駒場へ向かう途中の道からも見えたことで、はなの心はじんわりと落ち着いていった。

もちろん、この富士見坂と、江戸や鎌倉では、見える景色がまるっきり違っている。

今立っている足元から富士の山までの間には、はながこれまでに見たこともないほど広大な原野が広がっていた。藁葺《わらぶき》屋根の家や田畑も見えるが、とにかく広い原野に気を取られてしまう。

だが、それでも、富士の山の雄大さは変わらなかった。遠くに連なる山々は低く見えて、富士の山を引き立てている。広大な原野さえ足元に従えて、富士の山は美しく毅然《きぜん》とそびえていた。

はなの胸が熱くなる。

これからは駒場から、あの富士の山を眺めるんだ——。

ふうっと大きく息を吐いた。

と同時に、空腹感が込み上げてくる。

冬晴れの空に浮かぶ丸い雲が、大福餅《だいふくもち》に見えてきた。

「富士の山の綿帽子も、大福みたいだよねえ」

口にしたとたん、ぎゅるるっと腹が大きく鳴った。

良太が、ぷっと吹き出す。

はなは慌てて帯の上から腹を押さえた。だが、腹の虫は言うことを聞かない。ぎゅるぎゅると鳴り続ける。

良太が声を上げて笑った。

「まったく、おまえらしいな」

くつくつと笑い続ける良太を睨《にら》んで、はなは富士の山を指差した。

「富士の山を見て、ほっとしたら、お腹が空《す》いちゃったんだよ」

「もう昼だからな」

良太は笑いを引っ込めて、坂道の下を指差した。

「渋谷川を越え、道玄坂《どうげんざか》を右に折れて西北へ進めば、いよいよ駒場野だ」

はなは唇を引き結んで原野を見つめ、大きくうなずいた。帯の前で拳《こぶし》を握り固める。

穏やかな日の光に包まれた、のどかな田畑に目を移せば、故郷の村を思い出す。

鎌倉の山ノ《やまの》内村《うちむら》では今頃、大根を収穫しているだろうか――。

鎌倉に住んでいた頃が、もう何年も昔のことのように思えてくる。

不意に、近くでチュンチュンと鳥の鳴き声がした。

振り向けば、小さな茶屋の屋根に、でっぷりとした一羽の雀が止まっていた。冬の寒さに全身の羽毛を膨らませた「脹《ふく》ら雀」だ。

良太が雀を指差した。

「あの店で昼飯を済ませていこう。幸先《さいさき》がよさそうだ」

脹ら雀は「福良」の字を当てられることもある。

はなも縁起がよいと感じて、力強くうなずいた。

茶屋へ入り、案内された床几《しょうぎ》に腰を下ろすと、すぐに年老いた女将《おかみ》が茶を運んできた。良太とはなに向かって、丁寧に頭を下げる。

良太は背負っていた大きな風呂敷《ふろしき》包みを下ろして、女将に顔を向けた。

「食事を頼む」

女将は遠慮がちに良太を見て、おずおずと口を開いた。

「うちには、蛍飯などの簡単な物しかございませんが――」

女将は良太の腰の二刀を気にしているようだ。はなの真新しい着物にも時折ちらりと目を走らせている。武家の若夫婦の口に合うものが出せるかどうか、案じているのだろうか。

良太は安心させるように、女将に笑いかけた。

「蛍飯とは、黒豆を蛍に見立てた茶漬けだったな。それでよい。田楽などもあるかな？」

気さくに応じられて安堵《あんど》したのか、女将の表情がやわらいだ。

「豆腐田楽と、こんにゃく田楽がございます」

「両方とも、二人前――」

良太は不意に言葉を切って、はなを見る。

「足りるか？」

「足りるよ」

良太は小首をかしげて、はなの顔を覗《のぞ》き込んだ。

「伊《い》澤《ざわ》家に入ったら、遠慮して、思う存分に食べられぬかもしれんぞ」

「大丈夫」

きっぱり即答すれば、良太は笑いながら女将に向き直った。

「では二人前で頼む」

「かしこまりました。少々お待ちくださいませ」

女将は再び丁寧に頭を下げて、調理場へ入っていく。

「蛍飯、豆腐田楽、こんにゃく田楽――全部、二人前ね」

「あいよ」

女将と料理人の声に、はなは目を細めた。

喜楽屋を思い出す。

今頃は、もう昼飯を注文する客が大勢入っているだろうか――おせいの具合は大丈夫だろうか――冬馬《とうま》が手伝いで入ってくれているのだろうか――。

はなは熱い茶を飲んで、小さくため息をついた。

いけない。もう里心だなんて――。

はなは苦笑しながら、身にまとっている着物に目を落とした。根岸《ねぎし》のご隠居が玉《たま》木屋《きや》に依頼して作ってくれた、花色の着物だ。じっと見つめていれば、布に描かれた素朴な小花模様が「大丈夫。はなは、どこにいても咲けるよ」と励ましてくれているような心地になれる。

「坂の上からも見えたように、駒場は田舎だ」

顔を上げれば、良太が静かに微笑んでいた。

「雉《きじ》、鶉《うずら》、雲雀《ひばり》などの鳥が多く、兎や猪もたくさんいる。結城《ゆうき》家の庭にも、よく狸が出るぞ」

はなは目を見開いた。

「狸が出るのは、鎌倉の村と一緒――」

「そうだな。だが、駒場のほうが、もっと田舎かもしれん」

さっき坂の上から見た広大な原野を思い返せば、あながち謙遜《けんそん》とも思えない。

「目黒《めぐろ》には、蛍もたくさんいる」

良太は茶を飲みながら、窓に目を向けた。閉じた障子の向こうに駒場の夏がよみがえったかのように、懐かしそうな笑みを浮かべている。

「子供の頃、熱を出して寝込んでおったおれの枕元に、父上がそっと蛍の籠《かご》を置いてくれた」

今でこそ屈強な良太だが、幼い頃は虚弱で、しょっちゅう熱を出して寝込んでいたという。

「畦道《あぜみち》で蛍を追いかけて、足を踏みはずし、田んぼの中に落ちて泥まみれになってしまったそうでな」

「あのお父さまが？」

厳《いか》めしい顔の弾正《だんじょう》が額や頬に泥をつけ、どろどろに汚れた着物で田んぼの中に立ちつくしている姿を、はなは思い浮かべた。きっと、そっと合わせた両手の中には、良太のために捕まえた蛍が優しい光を放っていたことだろう。

頭の中に浮かんだ弾正の顔が、次第に若返っていく。若い頃の弾正は、もっと穏やかな表情をしていたのだろうか――。

頭の中の弾正が、ぱっと良太の姿に変わる。

いつか良太も、幼い我が子のために、蛍を持ち帰ってくるのだろうか――。

はなの腹が、じんわりと温かくなった気がした。

「山ノ内村でも蛍を見ていたか？」

はなは苦笑する。

「見たことはあるけど――風流な『蛍狩り』なんてものじゃなかったよ。昼間、湧き水の近くで、葉っぱに止まっているのを見ただけ。夜は早く寝ていたしね。火がもったいないし、次の日も畑仕事があるから」

はなの胸に懐かしさが込み上げてくる。

良太も村での暮らしを思い浮かべているような表情で目を細めていた。

「では一緒に暮らせるようになったら、夜に光を放つ蛍を見にいこう。ゆらりと瞬きながら空を飛ぶ数々の光は、まるで星々がすぐ近くまで舞い降りてきたようで、とても美しいぞ」

はなは夢見心地で目を閉じる。

夜闇の中、ゆらりと瞬く光の舞いは、さぞ美しいことだろう。

「だけど蛍の前に、竹灯籠《たけどうろう》ね」

美しく瞬く光といえば、はなの中では、やはり良太が作ってくれた竹灯籠だ。

暗がりの中に咲いた光の花は、竹灯籠の中で揺らめく炎とともに小さく瞬いていた。

「また一緒に火を灯《とも》すと、約束したな」

目を開けて良太を見れば、この上なく優しい笑みを浮かべていた。

「味噌《みそ》けんちん汁の約束も果たさねば」

はなも満面の笑みを返す。

「そうだね。また一緒に――」

味噌けんちん汁を作ろうと言いかけて、はなは口をつぐんだ。

良太と二人で料理をした時の光景が、はなの頭によみがえる。

鎌倉の家の台所では、良太と二人並んで味噌けんちん汁を作ったが、結城家ではどうだろう。役目柄、何でもこなせるのか、良太は器用に包丁を使っていたが――本来、武士が台所に入って料理をすることなどあるのだろうか――。

「伊澤家は、どんなところ？」

つい、不安げな声が出た。

良太は微笑んだまま目を伏せる。

「鎌倉の家や喜楽屋よりも、だいぶ広いな。結城家と同様に、薬草や青物を植えた畑が庭にある」

畑がある庭とは、いったい、どれほどの広さなのだろうか――まだ見ぬ武家屋敷への気おくれが、はなの心に湧き出した。

「当主の左内《きない》どのがお留守の間は、妻の登和子《とわこ》どのが家を守っておられる。お子は二人。長男の左之助《さのすけ》どのと、長女の由莉《ゆり》どのだ。年は、二十三と十六だったはず」

伊澤家の面々と、あと少しで対面だ――そう思えば、胸がどくどくと騒ぎ出す。手が小刻みに震えそうになった。

はなは大きく息をついて、緊張を追い払おうと努める。

「おまえなら、大丈夫だ」

良太の力強い声が、はなの耳に響いた。

「きっと気に入っていただける」

顔を見れば、良太は嘘偽りのない目で笑っていた。

はなは唇に力を入れて、口角を引き上げる。

「だけど、あたしは粗忽《そこつ》者だよ。あと先考えずに突っ走っちゃうところもあるし――」

今さらここで弱音を吐いてどうすると思いながらも、つい、はなの口から不安が漏れる。

「ちゃんと武家の女になって、綺麗《きれい》な所作ができるようになるかな」

「所作など、何とでもなる。大事なのは心だ」

良太がまっすぐに、はなを見つめた。

「誰に対しても、おまえは誠意をもって接してきた。なり振り構わずぶつかって、傷ついても、いつも相手への思いやりを忘れなかっただろう？　だから、おせいさんや喜楽屋に集まるみんなも、おまえを助けてくれた」

はなは自信なげに首をかしげた。

「みんな、いい人ばかりだったから」

良太は静かにうなずいた。

「だが、どんな善人でも、嫌いな者のために多くの助力はしないさ」

良太がそっと、はなの肩を叩《たた》く。

「自信を持て」

笑って送り出してくれたみんなの顔を思い浮かべて、はなはうなずいた。

「お待たせいたしました。蛍飯でございます」

女将《おかみ》が料理を運んでくる。つい手伝いたくなってしまう気持ちを抑えて、はなはじっと座っていた。

目の前に、どんぶりが置かれる。中を覗《のぞ》き込めば、ほんのり赤く染まった黒豆入りの飯がよそわれていた。煎茶《せんちゃ》がかけられた茶漬けになっている。

蛍に見立てられた黒豆の皮は、ところどころめくれ上がっていた。蛍の羽を忠実に表しているのだろうか。

良太がどんぶりを手にする。

「おれが以前食べた蛍飯は、白飯の上に黒豆を載せていたな。皮もむかずに、そのままだった」

女将は恐縮したように小さく頭を下げた。

「わたしどもの店では、炒《い》った黒豆を米と一緒に炊き込んでおります。煮た黒豆の皮を半分むいて、蛍の羽に見立てるという作り方を載せた料理書もあると聞きましたけれど――ええと、何て言いましたか――」

懸命に思い出そうとしているように、女将はこめかみを指で何度も叩いた。

「それは『名飯部類』という名の料理書ではなかったか？」

　良太の言葉に、女将は目を見開いた。

「確か、そんな名でございました。料理書の通りに作れば、炊き上がった飯は赤く染まらないと思いますけれど――」

　良太は微笑んだ。

「炒れば豆の皮が弾《はじ》けるから、わざわざ一粒ずつむかなくてもよいな。淡く色づいた飯も、縁起がよいではないか」

　赤には邪気を払う力があると信じられている。

　女将は嬉《うれ》しそうに目を細めた。

「実は、ひそかに、ここを通る旅の方たちの道中祈願をしているつもりでおりました」

　良太がうなずけば、女将は深々と頭を下げる。

「ごゆっくりどうぞ」

　女将は店の隅に控えた。

　良太が蛍飯に箸《はし》をつける。はなも、どんぶりを手にした。

「なるほど、蛍飯か――いったい誰が最初に黒豆を蛍に見立てたんだろうねえ。本当に、昼間の蛍みたいに見えてくるよ」

黒豆飯を茶漬けにするのは、蛍の棲《す》む水辺を表しているためだろうか。

そういえば以前、喜楽屋でも黒豆の炊き込み飯を作ったことがあったと思い出すが、茶漬けにすると、また違った趣に感じる。

山ノ内村の湧き水の風景を思い出しながら、はなは蛍飯に箸をつけた。

ひと口食べれば、ほどよく塩の効いた米の甘みと煎茶の深い味わいが舌の上に広がった。炒った黒豆の香ばしさと甘みも口の中で絡み合う。飯と黒豆と煎茶の調和が絶妙で、とても心地よい。あっという間に食べ終えてしまった。

喜楽屋でも、夏に蛍飯を出してみたらどうだろうと、はなは思った。一杯やったあとに蛍飯を出せば、常連客たちが「乙なもんだぜぃ」と喜ぶのではないか。きっと卯太郎《うたろう》が上等な黒豆を用意してくれるだろう。煎茶ではなく、鰹出汁《かつおだし》に醤油《しょうゆ》で味つけした汁をかけてもいいかもしれない――。

そこまで考えて、はなは我に返った。もう自分が喜楽屋で料理を作ることはないのだと思い出す。

気持ちを切り替えようと、はなは豆腐田楽に目を移した。

豆腐に塗られている味噌は緑――山椒《さんしょう》の新芽をすって白味噌に混ぜ込んだ「木の

芽味噌《みそ》」か——だが山椒の新芽が採れる時季は初夏だ。首をかしげながら豆腐田楽をかじれば、甘みのある味噌だれから、ほのかに、ほうれん草の香りが漂ってきた。

「色づけは、ほうれん草か——」

味噌だれの甘みと豆腐の甘みが口の中で溶けるように混ざり合う。粉山椒も入っているらしく、きりりと味を引きしめていた。

こんにゃく田楽には花鰹がたっぷり載っている。食べれば、口の中で花鰹と田楽味噌が一体となり、その奥からかすかに唐辛子がぴりりと存在を主張していた。こんにゃくのしっかりした嚙《か》み心地の隙間に入り込むように、味噌だれが口の中で躍る。

「んーっ」

思わず顔がほころんだ。

喜楽屋で出せば、酒の肴《さかな》として喜ばれるだろう。きっと白飯にも合う。

「美味《うま》いな」

良太の声に、はっとした。

また喜楽屋のことを考えてしまっていた——。

はなが唇を引き結べば、良太は優しく目を細めた。

「喜楽屋の田楽とは、また違った味わいがある。やはり店によって様々なのだな」

あっさり「喜楽屋」と口にされて、はなは戸惑う。もう間もなく武家に入るのだ。喜楽屋への思いに浸っている場合ではないというのに――。

「そんな悲壮な顔をするな」

はなの心境をすべて見通しているような表情で、良太は微笑んだ。

「武家に入っても、喜楽屋を忘れる必要はないんだぞ。父上だって、おせいさんと同じ味で風呂吹《ふろふ》き大根を作れるようになっておけと言っていただろう」

良太は美味そうに目尻《めじり》を下げて、こんにゃく田楽を頬張った。

「おれも、おまえも、変わらねばならぬ。だが、それは、新たな道をともに歩むための変化だ。まったく別の何かに生まれ変わるわけではない」

はなは空になった皿の上をじっと見つめた。

違うたれを使っていても、田楽は田楽――中身に変わりはないということか。

はなも同じだろうか。

鎌倉の百姓女から、神田《かんだ》の一膳飯屋《いちぜんめしや》の奉公人に変わり、またさらに武家の女に変わっても、本質は変わらないのだろうか。変えなくてよいのだろうか――。

「いらっしゃいませ」

女将の声に顔を上げれば、二人連れの客が入ってきたところだった。

「おや、八十《やそ》助《すけ》さん。おとみちゃんも一緒かい。久しぶりだねえ」

白髪交じりの男が、女将に向かって右手を挙げた。その後ろから顔を出した妙齢の娘は満面の笑みで、女将の前に立つ。

「おちづさん、相変わらずお元気そうね」

「それだけが取り柄だよ」

旧知の仲らしい。おとみと呼ばれた娘が巾着《きんちゃく》ひとつを手にしているきりで、八十助のほうは手ぶらだ。近所の者だろうか。

二人は、はなたちから離れた床几《しょうぎ》に座った。女将が茶を運んでいく。

「いつものやつをくれ。それと、酒もな」

八十助が注文すると、おとみは小さく唇を尖《とが》らせた。

「おとっつぁん、昼間から飲むの？」

「うるせえな。少しだけだよ」

女将が笑った。

「飲まなきゃやってられないよねえ。おとみちゃんと二人で食事できるのも、あとわずかなんだから」

八十助は、ふんと鼻を鳴らす。

「めでたく嫁に行ってくれるんだ。清々すらぁ」

おとみは唇を尖らせる。

「何よ。それは、あたしの台詞《せりふ》なんだから」

女将《おかみ》が笑いながら八十助のところへ酒を運んできた。

「月が替わって師走《しわす》になったら、すぐに日本橋《にほんばし》へ行っちまうんだって？」

おとみが湯《ゆ》呑茶碗《のみぢゃわん》を両手で握りながらうなずく。

「あちらでは、奉公人もみんなそろって年越しをするから――煤払《すすはら》いに、餅《もち》つき、お節――今年から一緒にやって、覚えて欲しいんですって」

女将は頬に手を当て、小さなため息をつく。

「大店《おおだな》に嫁ぐのも大変だねえ」

言ってから、すぐさま気を取り直したように、女将は再び笑みを浮かべた。

「だけど、たいしたもんだよ。富士見坂から富士山を眺めていたら、日本橋にある大きな蠟燭《ろうそく》屋の若旦那《わかだんな》に見初められたっていうんだからさ。まるで芝居の中の出来事みたいじゃないか」

おとみは照れたように、両手を頬に当てた。女将がからかうように、その背を軽く叩《たた》く。

「若旦那は、大山詣《もう》での帰りだったんだよねえ。一緒にいた大旦那も、ひと目でおとみちゃんを気に入って、『大山の神のご利益だ』と大喜びだったそうじゃないか」

女将は胸の前で拝むように両手を合わせた。

「死んだおっかさんも、きっと、あの世で涙を流して喜んでいるよ」

八十助は黙って手酌している。

やがて父娘のもとに握り飯と汁椀《しるわん》が運ばれてきた。

「はい、お待ちどお。豆腐汁と、赤富士握りです」

蛍飯を茶漬けにせず、三角に握った物が皿に載っていた。

女将がいたずらっぽく目を細める。

「おとみちゃんは小さい頃から、しょっちゅう坂の上で富士山を眺めていたよねえ。雲が多くて見えない日は、不安そうに、自分の顔も曇らせちゃってさ」

おとみは苦笑する。

「おっかさんが、よく、『富士山を見たらいいことあるよ』って言ってたから――見えないと、逆に、悪いことが起こるような気になってしまって……」

女将は訳知り顔でうなずいた。

「富士山が見えないと、おとみちゃんが気にするもんで、おそめさんはここへ連れてきて『蛍飯でお握りを作って欲しい』と頼んできたんだよねえ。ほんのり赤く染まった蛍飯で『赤富士』だなんて、うまいこと考えたもんだと感心したよ」

おとみは皿の上の握り飯をじっと見つめた。

「おっかさんが死んでからも、ずっと、おちづさんは赤富士握りを作り続けてくれたわよね。天気が悪くて、坂の上から景色が見えない日も、蛍飯で作った小さな富士山を食べれば元気が出たわ」

おとみは目を潤ませて、女将を見つめた。

「おちづさん、今まで本当にありがとうございました。縁談が無事に整ったのも、小さい頃から食べ続けてきた、この赤富士握りのおかげです」

女将は慈愛に満ちた眼差《まなざ》しで、おとみを見つめ返した。

「おっかさんが、ずっと見守ってくれていたんだよ。それに、おとみちゃんの頑張りが実を結んだんだ。嬉《うれ》しい時も、悲しい時も、富士山を見て、健気《けなげ》に生きてきたんだからねえ。胸を張って、日本橋へ行きなさい」

おとみは大きくうなずいた。

「田舎の小さな草履屋の娘が、日本橋の大店に嫁ぐだなんて、正直言って不安もたくさんあるけど――あたし、日本橋へ行っても富士山を見て、懸命に頑張ります」

八十助が猪口《ちょこ》を傾けながら目を伏せた。

「日本橋からも富士山が見えるのか？」

「若旦那は『見える』って言ってたけど――」

おとみが不安そうに首をかしげる。

「やっぱり、日本橋とこことじゃ、見え方が全然違うのかしら――建物の向こうに、豆粒みたいに小さくしか見えなかったらどうしよう」

八十助は酒をあおって手酌した。

「どうしようったって、おめえ――富士山の見え方なんて、どうしようもねえだろう。それより、祝言までの何日かは、のんびり過ごせるよう宿を取ってくれるっていうんだからよ。江戸で行ってみたいところを考えといたほうがいいぜ。嫁いでからは、家の仕事を覚えるのに精一杯で、しばらくの間あちこち見物する余裕なんかねえだろうからな」

おとみは上の空の表情でうなずいた。

「日本橋から本当に富士山が見えるか、心配になってきちゃった。おちづさん、知ってる？」

女将は頬に手を当て、首をかしげた。

「わたしは日本橋へ行ったことがないから、わからないねえ」

八十助が困ったように眉根《まゆね》を寄せる。

「何だよ。見えるんなら、何でもいいじゃねえか」

「そうだけど――でも――」

おとみは泣くのを我慢しているような表情になった。

「蛍飯に入っている黒豆より小さく見えたらどうしよう。日本橋は人も建物も多いって聞くから、やっぱり全然見えないのかも――あたし、子供の頃からいつも富士山を見て頑張ってきたのに――」

はなは思わず口を開く。

「見えますよ」

三人の目が、はなに集まる。はなはにっこり笑った。

「日本橋からも、ちゃんと富士山が見えますよ」

三人の表情が、ほっと安堵《あんど》にゆるんだ。

はなは立ち上がり、おとみと目を合わせた。

「あたしは鎌倉の村で生まれ育ちました。一年前に江戸へ出て、神田に暮らし、今は上目《かみめ》黒村《ぐろむら》へ移り住もうとしています」

おとみの目が一瞬ちらりと良太へ移った。

「ひょっとして――」

あなたも好《い》い人のもとへ嫁ぐのですかと問うように、おとみがはなを見つめた。

はなは笑顔でうなずく。

「鎌倉からも、江戸からも、富士山はちゃんと見えました。見る場所によって景色は変われど、富士山は富士山――どこから見ても、あなたの心の支えになってくれるはずですよ」

はなは床几《しょうぎ》の上の皿に目を移した。

「赤富士握りだって、どこへ行っても作れますしね」

皿の上の握り飯を見つめるおとみの口元がゆるんだ。

「そうですよね……」

おとみは納得したように大きくうなずいて、はなに目を戻した。

「どこから見ても、富士山は富士山――あたし、日本橋で赤富士握りを作ります」

おとみは晴れやかに笑った。はなも笑みを返す。

「日本橋の室町《むろまち》にある乾物屋、旭屋《あさひや》さんで、きっといい黒豆が手に入りますよ」

「ありがとうございます」

おとみは深々と頭を下げて、床几に座り直した。赤富士握りを頬張って、嬉しそうに目を細める。八十助もこちらに向かって一礼してから、赤富士握りにかぶりついた。

はなと良太のもとへ、女将《おかみ》が茶のお代わりを運んでくる。

熱い茶を飲んで、ほうっとひと息ついてから、はなは良太とともに茶屋をあとにした。

富士見坂を下って橋を渡り、川を越えたら、道玄坂を西北へ――。

原野に延びる道を進んだ。

人の背丈ほどもある笹の群れや松林を脇に見ながら、はなは良太のあとを歩いていく。

「おとみさんも絶対、幸せになってほしいな」

歩きながら笹藪《ささやぶ》の上の空を見上げて、はなは呟《つぶや》いた。

ほんの一時の出会いではあったが、これから新しい家へ入る者同士、おとみに親しみが湧いた。不安を感じているのは自分だけではないという安堵《あんど》感《かん》も、はなの胸に広がる。

きっと嫁入り前の女だけでなく、故郷を離れて旅立つ者は、みな大なり小なりの恐れを感じるものなのだろう。未知へ踏み出す第一歩は、やはり勇気が要る。

「きっと、あの娘は大丈夫だ」

振り返らぬまま良太が言った。

「嫁ぎ先にも赤富士握りが好評で、旭屋の常連になるかもしれないぞ」

「そうだね——そうなるといいな」

遠くでピーッと鳥が鳴いた。良太も歩きながら空を見上げる。

「鷹《たか》の声だ」

はなは首《こうべ》を巡らせた。しかし笹藪が続く道からは、鳥の姿が見えない。

「近くで狩りの稽古《けいこ》をしているのかもしれんな」

上目黒村の駒場野はおよそ十六万坪といわれる広大な御鷹場となっており、将軍が鷹狩りの際に立ち寄る大きな御用屋敷があった。駒場御薬園《おやくえん》は、この御用屋敷内の森林を切り開いて作られた幕府の薬草園なのである。

「駒場野では、御鷹匠《たかじょう》が御鷹を据えて歩く姿も見られるぞ」

以前、御鷹匠見習の戸《と》越幹人《ごしみきと》が、目黒でそれ鷹を捕まえる際に良太が助力したと語っていた。

「御鷹匠の中津《なかつ》さまをお助けして、逃げた御鷹を捕まえたことがあるんでしょう？」

振り向いた良太は驚きに満ちた表情で目を見開いている。

「なぜ、おまえが知っているのだ」

御鷹匠の中津小五郎《こごろう》と、御鷹匠見習の戸越幹人が喜楽屋へ来た経緯を、はなは話した。

「そうか。戸越幹人が、おれの名を出したか……武井《たけい》どのの教え子の件で、中津さまが喜楽屋を訪れたことは聞いていたが……」

秀介《しゅうすけ》さんの一件を誰に聞いたの——という言葉を、はなは飲み込んだ。

きっと、はなの様子を報《しら》せた時に、弥一郎《やいちろう》が語ったのだろう——。

ピーッと再び鷹の鳴き声が上がった。

良太は空を見上げて、懐かしそうに目を細める。

「それ鷹か——そんなこともあったな——月日が経つのは、あっという間だ」

しばらく進むと、笹藪の途切れた場所に出た。急に見晴らしがよくなる。道の近くには、耕された畑が広がっていた。

良太が立ち止まり、ふと右手を見つめる。

畑道の脇に立つ大きな木の下に、少年たちが寄り集まっていた。目を凝らして数えてみれば、七人いる。みな同じ年頃だろうか。遠目には、十二、三歳くらいに見えた。

いかにも小さな着物を無理やりまとっている者が二人——身幅が狭くて、前も合わせられておらず、つんつるてんで褌《ふんどし》丸出しだ。紐《ひも》のような帯を前で結んでいる。今日は天気がよいとはいえ、冬空の下で何とも寒々しい恰好《かっこう》だ。

あとの五人は、ちゃんと体に合った着物と股引《ももひき》をまとっていた。みな体つきが、がっしりしている。

出で立ちの同じ者同士が横に並び、二人と五人が向かい合った。こちらに気づいている者は誰もいない。

「やい、てめえら！　覚悟はいいか！」

五人並んでいるうちの、真ん中の少年が叫んだ。最も体格がよく、声も力強い。

「生意気な口を利けるのも、今日までだぜ！　おれたちに逆らったら、この村で生きていけなくなるようにしてやるからな！」

はなは、ぎょっとした。

五人の少年たちが輪になって、二人を取り囲む。

「何でい、その着物はよぉ。誰も、お下がりをくれなかったのかよぉ」

「いんや。おれたちに今日ずたぼろにされるとわかっているから、こんな恰好で来たんだよなぁ？　一張羅が破けちまったら、明日から着る物がなくなっちまうもんなぁ」

「足りねえ頭で、懸命に知恵をしぼってきたわけか」

五人が、どっと笑う。

はなは眉間《みけん》にしわを寄せた。

「良太さん、あの子たち——」

「うるせえっ、大馬鹿野郎！」

「おめえらみてえな卑怯《ひきよう》者どもに、負けてたまるかってんだ！」

囲まれた二人が怒鳴った。

「生意気な口を利くんじゃねえ！」

「やっちまえ！　三吉《さんきち》も、吾平《ごへい》も、半殺しだ！」

五人が一斉に、二人につかみかかる。

多勢に無勢——つんつるてんの着物をまとった三吉と吾平は、それぞれ二人がかりで押さえ込まれた。最も体格のよい餓鬼大将が、三吉と吾平を代わる代わるに殴っていく。

はなは思わず「あっ」と声を上げた。

「良太さん、早く止めないと——あれは喧嘩《けんか》じゃないよ！　弱い者いじめだよ！」

しかし袖《そで》を引っ張って促しても、良太は動こうとしない。

「まあ見てろ」

悠長に構えている良太に、はなは眉根《まゆね》を寄せた。

「あの二人が大怪我させられちゃうよ」

良太は黙って口角を上げている。

はなは辺りを見回した。通りかかる者は誰もいない。良太が何とかしてくれなければ、きっと畑道での騒動は収まらない——それとも、はなが「やめろ」と大声で叫べば、餓鬼大将は殴る手を止めるだろうか——。

ええい、ままよと口を開こうとした時、良太が畑道を指差した。

「ほら、やり返すぞ」

良太が言い終わらぬうちに、殴られていた二人が激しく足をばたつかせた。腕を押さえ込んでいる少年二人の手がゆるんだ隙に、身をよじって離れる。一人の腹を蹴《け》り上げ、もう一人には頭突きを食らわせた。

「この野郎っ」

後ろから襟をつかまれた三吉と吾平は素早く帯をほどいた。ずるりと着物が脱げる。褌一丁で、二人は逃げた。

「追え！　捕まえて、木に吊《つ》るしてやるぞっ」

二人は、ちらちらと振り返りながら走っていく。

はなは胸の前で両手を握り合わせた。

「あぁ、後ろなんか気にしないで、どんどん逃げればいいのに――」

三吉と吾平はかがんで小石を投げるが、五人には当たらない。追いつかれそうになっている。

はなは、はらはらしながら見守った。

「いい加減に、もう止めないと――本当に、子供の喧嘩じゃ済まなくなるよ」

少年たちに向かって一歩踏み出そうとすれば、良太に肩をつかまれる。

「大丈夫だ。ほら――」

逃げている三吉と吾平が大きく跳んだ。追いかけていた少年たちが突然つんのめる。何かに足をつかまれたように、がくんと前のめりになった。

ばしゃん、ばしゃん。

ふたつの水音が上がった。

「うえぇ――」

身を起こした少年二人は泥まみれ――いや違うと、はなは思った。

「肥溜《こえだ》め……？」

はなが呟《つぶや》けば、良太が笑いながらうなずいた。

「最初から、あそこへ誘《おび》き寄せるつもりだったのだろうな。肥溜めの上に長い細枝を置き、その上に枯草を載せて、肥溜めを隠していたんだ」

はなは唖然《あぜん》として肥溜めを見つめた。

肥溜めのすぐ手前に、小さな穴が掘られているらしい。追いかけてきた少年たちは、その小さな穴に足を取られて転んだのだ。

「抜かりなく策を練っていたのだろうな。途中で脱いだ着物は、もし万が一、自分たちのほうが肥溜めに落ちてしまった時のことを考えて用意した古着だろう」

良太の言葉を裏づけるように、三吉と吾平は得意げに胸を張って肥溜めを見下ろしている。

「やーい、ざまあ見ろ！」

あとから追いついた三人は呆然《ぼうぜん》とした様子で、胸まで糞尿《ふんにょう》につかった仲間の前に立ちつくしていた。

肥溜めの中の二人が仲間に向かって手を伸ばす。

「引っ張り上げてくれ！」

助けを求められた三人は、あとずさった。

「早く手を貸してくれよ！」

「くせえっ。ここから出してくれぇ」

肥溜めの中の二人は這《は》い上がろうと、もがいた。ばしゃ、ばしゃと音が上がる。

仲間の三人は怖気《おじけ》づいたように、ただ見ているだけだ。

三吉と吾平が、そっと三人の後ろに忍び寄った。気づかれぬうち、勢いよく三人の背中を押していく。

「うわあっ」

三人が肥溜めの中に落ちた。今まさに這い上がろうとしていた二人の上に倒れ込む。

「やめろっ、つかむな！」

「あっちに行け！」

「ひいぃ、くさいぃ。気持ち悪《わり》ぃ」

情けないわめき声を上げながら何とか体勢を立て直した五人は肥溜めの中に突っ立って、がっくりと肩を落とした。完全に戦意喪失した様子だ。

三吉と吾平が腕組みをして、五人を見下ろした。

「どうだ、懲りたか！」

「今度また村の小さいやつをいじめたら、今日と同じ目に遭わせてやるからな！」

五人は黙ったまま、うなだれていた。

三吉と吾平は意気揚々と、褌《ふんどし》一丁で引き上げていく。

はなは驚き呆《あき》れながら、去っていく二人の後ろ姿を見送った。

「何て子たちなの……」

「敵を油断させるため、あの二人は最初わざと殴られていたんだ」

良太が再び歩き出す。はなもあとに続いた。

振り返れば、肥溜めの中にいた五人はやっと畑道へ這い出したところだった。へたり込んでいる者もいれば、膝《ひざ》に手をついて立ち上がった者もいる。しゃがみ込む仲間に手を差し出している者もいた。

「良太さん、二人の策をよく見抜いたねえ」

感嘆の声を上げれば、良太は笑いながら畑を眺めた。

「殴られながらも、気力に満ちていたからな。逃げている間も、どこか余裕があるように見えた。二人は明らかに向かう方向を決めて走っていたから、あの辺りに何かあるんだろうと思ったが、案の定だ」

　はなには、ちっともわからなかった。

「ひょっとして、良太さんも子供の頃に同じような真似をしたことがあるの？　お武家の子も、喧嘩《けんか》に肥溜めなんか使う？」

　良太は苦笑しながら首を横に振った。

「さすがに肥溜めは使ったことがないな。おれが使ったのは木刀で——さっきのやつらとは、似て非なるものだった」

　良太の表情が、わずかに陰る。

「幼い頃のおれは体が弱かった。そのため、剣の稽古《けいこ》を始めるのが遅くてな」

　道は再び笹藪《ささやぶ》に入る。冷たい風が吹いて、さわさわと笹の葉を揺らした。

「子供たちが集う道場で、威張っている年嵩《としかさ》の者がいた。師範の前では愛想がよくて、師範の目が届かないところで元服前の童をいたぶるような者だった。おれも散々やられたよ」

　横に並んで見上げれば、良太はもう穏やかな笑みを浮かべていた。

「年だけでなく、体の大きさも違う相手に対して、何とか一矢を報いたいと思ったおれは徒党を組んだ。同じようにいたぶられていた子供たちとともに、相手を待ち伏せたんだ」

「みんなで力を合わせたら倒せたの？」

良太は首を横に振って、自分の頬をぺちりと軽く叩《たた》いた。

「通りかかった左内どのに止められたよ。『一人を多勢で囲むは、卑怯《ひきょう》者のすることだ』と叱られ、ぶん殴られたんだ。勢いあまって、みんな吹っ飛ぶくらいにな」

はなは眉間《みけん》にしわを寄せた。

「そんなに怒るなんて——相手だって、悪いのに——」

「左内どのは、曲がったことを嫌うお方なのだ」

良太は空を仰いだ。まるで空に点々と浮かぶ雲に、幼き頃の自分たちの姿を重ね合わせているかのように、目を細める。

「稽古と称して弱き者をいたぶっていたやつには、後日、師範の許しを得た左内どのがきっちりと荒稽古をつけていらした。そのおかげで、剣道場での弱い者いじめは、ぴたりと止《や》んだ」

よほど骨身にこたえる稽古だったのだろうと、はなは思った。

伊澤左内という男は、相当厳しい人物なのか——間近に迫ってきた対面に、大きな緊張が込み上げてくる。

「左内どのに殴られたあと、しばらくの間おれは落ち込んでいてな」

当時の良太の心境だと言わんばかりに、冷たい風が吹きつけてきた。はなは首をすくめながら唇を引き結んで耐える。良太は表情ひとつ変えずに前を見つめていた。

「卑怯者だと非難されたことが、ずっと胸にわだかまっていたんだ。母上が作ってくれた胡桃《くるみ》の菓子も、ろくに喉《のど》を通らなかった」

胡桃の渋皮を取り、砂糖や水飴《みずあめ》と絡めて煮た物だという。

「卑怯者にならぬためには、いったいどうしたらよいのかと、おれは考えるようになった。左内どのの叱責《しっせき》は、元服して、お役目に就くようになってからも、心の隅にずっと残っていてな。おれは左内どのに対して、苦手だという意識を持つようになってしまった。御薬園で行き会っても、常に厳しい目で見られているような気がして、何だか落ち着かなくてな」

苦々しい過去を嚙《か》みしめるように、良太は唇をゆがめた。

「同じ過ちをくり返さぬためには、何か事に当たる時、なるべく人とともに動かぬほうがよいのか——お役目柄、人を欺かねばならぬ時でも、できる限り戦わずに済む方法はないのか——そんなことばかりを考えた時期もある」

敵から逃れるため、山ノ内村のはなの家に入り込んでいた良太を思い出した。

良太は驚くほど強引だったが、確かに、力ずくで従わせるような真似はしなかった。手っ取り早く、刀を突きつけて脅す手段もあっただろうに——。

「それでも、けっきょく、おまえを傷つけてしまったがな」

はなは苦笑して、良太が背負った風呂敷《ふろしき》包みに目をやった。根岸のご隠居が用意してくれた着物や小間物の他に、良太が鎌倉で作った竹灯籠《たけどうろう》も入っている。

「左内どのは、身分違いのおまえを養女になどしてはくれないと思い込んでいた。頭ごなしに拒絶されるのではないかと思った。だが——」

良太は風呂敷包みの結び目を左手でぎゅっと握りしめる。

「はなの養父になって欲しいと頼みにいった時、左内どのはこう言ってくれたんだ。『このところ、よく励んでいるようだな』と——」

良太は照れたような笑みを浮かべた。

「左内どのは、おれのことをよく見ていらした。『かつてのおまえは、自分より能力の劣る者と組んで動く時、不承不承で事に当たっていたな。上手《うま》くお勤めをこなしておったつもりだろうが、嫌々なのは傍目《はため》にもわかった』と言われた時には面食らった。父上にも鼻で笑われてしまった」

良太は懺悔《ざんげ》するような目で、はなを見る。

「確かに、明らかに自分より劣る者と組まされた時は、内心、面白くなかった。密命を帯びぬ時でも、採薬には危険がつきまとうことが多い。険しい山奥にまで踏み入り、毒草を扱う場合もあるのだからな。力不足の者と組めば、自分の負担が増し、ともすれば危険な目に遭ってしまう」

良太は唇をゆがめた。

「それに、おれだって向上したいさ。才や経験のある者と組んで、教えを乞《こ》いたいという思いは強かった」

良太は小さなため息をつく。

「思い通りに物事が運ばないのを、人のせいにしたくなる時も多々あった。だが、ある日、気づいたんだ。物事が上手くいかないのは、自分にも原因があるんだってな。誰もみな、完璧《かんぺき》ではないんだ」

良太は表情を引きしめた。

「左内どのは、おれが変わったと言ってくださった。『ちょうど一年ほど前から、少しずつ変わってきたようだ』とな」

ちょうど一年ほど前といえば、良太が鎌倉の村から姿を消した頃か――。

「特にこの頃は、目を見張るような成長ぶりだと言ってくださった。『以前であれば避けたがっていたであろう者とも、自ら進んで関わるようになった』とな」

覚えの悪い見習いに薬草の仕分けを教える時も、根気よく丁寧に。体力や経験の劣る者を採薬のため山奥に連れていかねばならぬ時も、自ら進んで指南役となり、無事に下山するための手助けをする――大きな任務ではなく、御薬園での日々の仕事ぶりを見て、良太が変わったと左内は認めてくれたのだという。

良太の目が嬉《うれ》しそうに輝いた。

「薬草の仕分けをなかなか覚えられなかった者は、おれが教えたことを夜も必死に復習し、体力の劣っていた者は、足に重りをつけて重荷を背負いながら野歩きをして鍛え始めたという」

良太はじっと、はなを見た。

「左内どのは、おまえの頑張りもきっと見ていてくださる」

はなは良太の目を見つめ返した。ひとつ屋根の下に暮らせる二人の未来が、すぐそこにあると信じきっているような眼差《まなざ》しだ。

「大丈夫だ。おまえなら、きっとできる」

はなはうなずいた。

夫婦として暮らす未来を鮮明に思い描くのだ。まずは、そこから始まる。

同じ場所で寝起きして、同じ物を食べ、同じことで笑い合う――。

大きな出来事でなくていい。日々の小さな積み重ねを明確に想像すればするほど、きっと、その未来は確実になる。

「一日も早く一緒に暮らせるよう、あたし頑張るよ」

はなは頭の中に、竹灯籠を眺める二人の姿や、味噌《みそ》けんちん汁を頬張る二人の姿を思い浮かべた。

風が吹き、さわさわと笹藪《ささやぶ》が揺れる。

「もうすぐだぞ」

やがて笹藪が終わった。

駒場御薬園はすぐそこに迫っている。

森林を抜け、杉垣に沿って進み、御薬園の敷地内へ入った。

冬木の桜が立ち並ぶ道を行けば、武家屋敷の屋根が見えてくる。その大きさに、はなは息を呑《の》んだ。やはり町人が暮らす長屋とは明らかに違う――。

江戸の武家地では、もっと広大な屋敷も数多くあった。番所つきの大きな長屋門だって珍しくはなかった。自分とは無縁の屋敷だったので、前を通りかかっても特段思うところはなかった。

だが一歩ずつ近づいている屋敷のいずれかに、はなはこれから足を踏み入れ、住み込むのだ。思わず、眉間《みけん》にしわが寄る。

「お屋敷の中で迷ったりしないかな……」

「そこまで広くはないさ」

はなを安心させるように良太が笑う。

「家によって多少の違いはあるだろうが、客間を入れて四、五部屋くらいではないかな。あとは台所や物置と――」

「一室ずつが、とんでもなく広いんじゃないの？」

「そうでもないぞ。うちは八畳間が二つに、六畳間が三つだ。囲炉裏のある板間はもっと広いが――」

「その板間って、八畳と六畳の五部屋とは別？」

「別だな。他に、小さな仏間や、物置もある」

「厠《かわや》とお風呂《ふろ》も、それぞれ一軒ずつにあるんでしょう？　長屋みたいに、隣近所のみんなで厠を使ったり、御薬園の中に湯屋があったりはしないんだよね？」

「そうだな」

やはり庶民の長屋と比べてはいけないのだ。

「結城家と伊澤家がいただいている屋敷は広いほうだな。もう少し部屋数のない家もあるぞ」

それでも江戸の庶民が住む家よりはだいぶ広いだろう——表店《おもてだな》である喜楽屋だって、二階の住居は六畳二間——裏店にいたっては六畳一間なのだ——と思いながら、はなは左右の屋敷の生垣をちらちらと見た。

生垣に使われているのは何の木だろうか。青々とした葉を茂らせているが、枝ぶりに乱れは微塵《みじん》も見えない。どこもみな、よく手入れをしてある。

「ここだ」

ある門の前で、良太が立ち止まった。表札はない。

門をくぐって石畳の小道を進む。まっすぐに正面の出入口を目指すと思いきや、良太は右手へ向かった。竹垣がある。良太は枝折戸を開けた。

枝折戸の向こうに男が立っている。髪に白い物が交じっているが、弾正よりは若い。鋭い目で、はなをじっと見た。厳しい眼差しに、思わず足がすくみそうになる。

「左内どの」

良太が一礼した。はなも頭を下げる。

「はなを連れてまいりました」

身を起こせば、左内が鷹揚《おうよう》にうなずいた。

「出入りする時は、こちらを使え。親しい者や、薬草を見にくる者は、みなこちらへ回る」

左内が屋敷のほうへ顔を向ける。出入口があった。門に向かい合っていた先ほどのところが表玄関で、こちらが内玄関か。

屋敷の前に広がるのは小さな薬草畑——何が植えられているのか、はなにはわからないが、伊澤家には「薬草を見にくる者」がいるのだ。それなりに来客もあるらしい。

「たいした物は植えておらぬ」

はなが薬草を見ていると、左内も畑に顔を向けた。

「貴重な物は、御薬園から持ち出すことを許されておらぬのでな。大根などを植えておる畑は、向こうだ」

左内の視線が敷地の奥へ移った。ここからは屋敷の陰になって見えないが、大根を植えてあることに親しみを覚える。鎌倉の村での畑仕事が役立つだろうか。

「来い」

左内が屋敷へ向かった。良太があとに続く。良太に続いて、はなも屋敷へ足を向けた。

戸を引き開ければ土間が広がっていた。奥には台所がある。板間の囲炉裏では、鉄瓶で湯が沸かされていた。

左内が板間に腰を下ろす。

「座れ」

良太は荷物を下ろすと、板間に上がった。刀を右膝《みぎひざ》脇に置いて座る。隣に座るよう良太に目で促され、はなも板間に腰を下ろした。

「入れ」

板間の奥の戸が開いた。凜《りん》と背筋を伸ばした女人が、すっと音もなく入ってくる。

「妻の登和子だ」

登和子は目礼すると、台所へ行って茶を淹《い》れ始めた。どうやら下女はいないようだ。左内の目を気にしつつ、つい辺りをちらちら見てしまう。

登和子が茶を運んできた。

「どうぞ」

良太が一礼して、出された茶に口をつける。はなも良太の動作を真似て、茶を飲んだ。

緊張のためか、ひどく乾いていた口の中に、緑茶の甘みがしっとりと広がった。ほんのりとした苦みが味を引きしめており、奥深い香りが鼻に抜けていく。

はなは思わず、ほうっと息をついた。

登和子が微笑む。

「あなたは、わたくしの遠縁ということになっております。よろしいですね？」

「はい」

はなは背筋を伸ばして登和子を見た。湯《ゆ》呑茶碗《のみぢゃわん》を茶托に置き、頭を下げる。

「どうぞよろしくお願いいたします」

顔を上げれば、登和子がうなずいた。続いて、先ほど入ってきた戸のほうへ顔を向ける。

「お入りなさい」

戸が開いて、楚々《そそ》とした若い娘が入ってきた。戸の近くに腰を下ろすと、まず良太に向かって深々と一礼する。

「こちらが、はなさまですよ」

はなさま——慣れぬ呼ばれ方に、どきりとする。体のあちこちが、むずがゆくなってきそうだ。はなは膝の上で両手を握り固め、身じろぎしないよう努めた。

娘が、はなに向き直る。

「由莉でございます」

丁寧に礼をされ、はなもかしこまって頭を下げる。

「はなでございます。どうぞよろしくお願いいたします」

顔を上げれば、由莉の澄んだ瞳《ひとみ》がきらきらと輝いていた。

「身分違いの恋を貫くだなんて、とても勇気がおありですのね！」

前のめりになって、じいっと見つめられる。はなは思わず床に手をついて、腰をそらした。ぐいぐいと迫ってきそうな勢いを感じる。

「今どんなお気持ち？　やっぱり緊張していらっしゃるわよね？」

「不躾《ぶしつけ》な真似はおやめなさい。はしたない」

登和子が厳しい声で由莉を叱りつけた。

由莉は不満げな表情で唇を尖《とが》らせる。

「わたくし、はなさまにお会いできるのを楽しみにしておりましたのよ。さっそく、たくさんお話しできると思っておりましたのに」

登和子は鋭い目つきで、由莉を睨《にら》みつけた。

「場をわきまえなさい。これ以上の失礼は許しませんよ。お下がりなさい」

由莉は肩をすくめるように、ひょいと小さく両眉《りょうまゆ》を上げた。

「申し訳ございませんでした。部屋へ戻ります」

良太とはなに向かって深々と頭を下げてから、由莉は退出していった。

登和子は気を静めるように小さく短い息をついて、はなに向き直った。

「無作法な娘で、申し訳ございません」

「いえ、そんな――」

由莉が取り澄ました武家娘ではなくて、ほっとしたというのが本心だ。

隣では、良太も安堵《あんど》したような笑みを浮かべている。

左内は黙って茶をすすっていた。

登和子は気を取り直したような笑みを浮かべた。

「長男の左之助は、御薬園でお勤めの最中にて、のちほどお引き合わせいたします」

はなは一礼して、茶を飲んだ。

つながなく伊澤家の養女となった暁には、由莉や左之助とは義兄弟の間柄となるのだ。親しくなり、上手《うま》くつき合っていきたい。

「では、部屋へご案内いたしましょう」

はなが茶を飲み終えると、登和子が立ち上がった。

思わず良太を見れば、力強くうなずかれる。

「しっかり励めよ」

良太の表情が、ふっとゆるんだ。

「きっと蛍の約束を果たそう」

一緒に暮らせるようになったら、夜に光を放つ蛍を見にいく――もちろん、その前には、竹灯籠《たけどうろう》と味噌《みそ》けんちん汁の約束もある。

全部叶《かな》えてみせるのだと自分に言い聞かせながら、はなは良太にうなずき返した。

登和子が戸を引き開ける。

「こちらです」

「はい」

はなは良太の目を見ながら立ち上がった。

次に会えるのは、いったい、いつか――。

だが、行方のわからなかった以前とは違う。お役目で遠国へ行かない限りは、同じ駒場の中にいるのだ。伊澤家からそう遠くない場所に、結城家もあるはず。

良太に背負ってもらっていた荷物を持って、登和子に促されるまま、はなは屋敷の奥へと足を進める。

部屋を出る寸前に振り返れば、良太は優しい笑みを浮かべて、まっすぐにはなを見つめていた。

はなはゆっくりと戸を閉じる。

閉じた戸の向こうに良太の姿が消えていくまで、名残惜しい気持ちを隠せずに、はなは良太と目を合わせ続けていた。

案内されたのは、裏庭に面した六畳間だった。喜楽屋で使っていた部屋の広さと同じだが、行燈《あんどん》以外は何も置かれていないせいか、やけにがらんとして感じる。隅に置いたはなの荷物が、ぽつんと寂しそうだ。

「疲れたでしょう。夕餉《ゆうげ》まで休んでおいでなさい。隣の部屋に由莉がおりますから、何かあれば声をおかけなさい」

「ありがとうございます」

登和子が去っていく。はなはそっと障子を引き開けて、裏庭を眺めた。

松や紅葉の木が配置よく植えられている。目立つ場所には落ち葉が見当たらない。夏になっても雑草ひとつ生えてこないのではないかと思われた。

静かだ。

時折鳥の声が聞こえるだけで、誰の話し声も聞こえてこない。神田の町の喧騒《けんそう》とはまるで別世界である。

夕餉まで休んでいろと言われたが、何やら手持ち無沙汰《ぶさた》だ。

空を見上げれば、沈みゆく日が辺りを茜色《あかねいろ》に染め始めていた。柔らかな西日がはなの上にも落ちてくる。

烏《からす》が鳴いた。

喜楽屋と山ノ内村を同時に思い出した。

胸が、きゅっと切なくなる。

近い将来、結城家で暮らすようになれば、何の屈託もなく夕日を見上げて笑えるのだろうか――。

しばし、ぼんやりと裏庭を眺めてたたずむ。

やがて出汁《だし》や醤油《しょうゆ》のにおいが漂ってきた。夕餉《ゆうげ》の支度が始まったのだ。

手伝わなくてよいものか迷うが、勝手に部屋を出るのもためらわれる。呼ばれるまで、じっとここで待っていればよいのだろうか。

どう動いたらよいのかわからないのが、もどかしい。喜楽屋であれば、客の注文を取ったり料理を運んだりと、今頃は忙しく立ち働いていたであろうに――。

はなは簪《かんざし》にそっと手を当てた。良太が贈ってくれた、花模様の平打ちだ。胸元に目を落とせば、着物に描かれた小花模様が夕日に照らされている。

大丈夫――振る舞い方は、きっとすぐに覚えられる――。

伊澤家に足を踏み入れたばかりなのだ。あせる必要はないと、自分に言い聞かせる。

夕日の名残の茜色を明日へ追いやるように、夜の始まりの藍色《あいいろ》がじわじわと空に広がっていく。

星が瞬き始めた。

はなはぐるりと空を見回す。

北のひとつ星は、どの辺りに見えるだろうか。

――わしらも、同じ星を見つめているよ――。

ご隠居の声が耳によみがえってきて、はなの胸が温かくなった。

はなは茜色が残る空を見つめる。
この空も神田に繋《つな》がっているのだと思えば、心強くなる。
はなは口角を引き上げ、空に向かってにっこりと笑みを作った。

第二話　短冊汁

「お待ちなさい！」

はなが箒《ほうき》を地面につけようとした瞬間、登和子の鋭い声が飛んできた。

「よく見ずに、いきなり掃こうとしてはなりませぬ」

「え……？」

はなは庭に落ちていた数枚の木の葉を見下ろした。

何の変哲もない枯れ葉だ。何という木の葉か、はなにはわからないが、ひょっとして、とても貴重な落ち葉だったのだろうか。ここは採薬師の家だ。庭の落ち葉すら、何かの薬にしてしまうのか——？

朝一番の仕事として庭の掃除を言いつけられたが、どうやら勝手が違うらしい。喜楽屋の掃除と同じように掃いてはいけないようだ。

はながまごまごしていると、登和子は少し離れたところに落ちている青葉を指差した。

「その青木は枝ごと落ちていますが、何か気になる点はありませんでしたか？」

はなは指差された枝をじっと見つめた。五寸（約一五センチメートル）ほどの長さで、青い葉が五枚ついている。

鎌倉の村でも林などによく生えていた、珍しくはない植物だ。常緑樹のため、青木という名がついた。冬に赤い実をつける。

はなは青木の枝を凝視しながら首をかしげた。

「特に何も——変わったことはないと思いますけど——」

登和子は青木の枝を拾い上げて、裏表を確かめた。

「この色具合から見て、おそらく三日ほど前の風が強かった日に折れた枝が、昨夜から今朝にかけて、風でここまで飛ばされてきたのでしょう」

そんなことまでわかるのかと、はなは呆気《あっけ》に取られる。

登和子は枝を地面に戻して、はなに向き直った。

「何のために毎朝庭を掃除するのか、考えてごらんなさい」

問われた意味がわからずに、はなは目を瞬《またた》かせた。

「場を綺麗《きれい》にするために、掃除するんじゃないんですか？」

登和子は黙って、はなを見つめる。その目が冷ややかに見えた。

何か間違っていただろうかと、はなはあせる。

場を綺麗にすることは、心を清めることに繋がる——何か、心のありように関わる答えを述べるべきだったのだろうか——。

「枝が落ちている時は、まず、刃物で切られた跡があるかどうか確かめなさい」

「えっ——それは、どういう——」

予想外の言葉に、はなは言葉を詰まらせた。

登和子は小さなため息をつく。

「掃除は、もちろん場を整えるためにするものでありますが——早朝から家の周りを掃き清めるのは、夜の間に不審な者が立ち入っておらぬかどうか、見回るためでもあるのです。下女を置いておらぬゆえ、仕方なく行っているというわけではないのですよ」

登和子はぐるりと首《こうべ》を巡らせて庭を見渡した。

「地面に足跡はないか——あるとすれば、それは人のものか、野良猫のものか、または狸か、猪か——常に知っておかねばなりませぬ」

登和子は隣家との境にある生垣を見つめた。

「生垣に乱れがないかどうかも、しっかり見ておかねばなりませぬ。もし枝の折れているところがあれば、その折れ具合を確かめるのです。万が一にも、当家を探る不埒《ふらち》者を見逃すこととなれば、一大事ですからね」

はなは箒を持つ手に力を込めた。ぎゅっと柄を握っていなければ、呆然《ぼうぜん》として取り落としてしまいそうだ。

「あたし――一膳飯屋《いちぜんめしや》にいた時も、毎朝通りを掃き清めていましたけど――見回りだなんて考えたことはありませんでした」

ああ、けれど、日本橋の旭屋に幽霊騒動が起こった時も、朝に掃除をしていた奉公人が壁についた血の跡に気づいたのだった――。

やはり掃除には犯罪を防ぐ意味合いもあるのだと、はなは改めて思った。

今は太平の世だが、武家では常に、何よりもまず敵襲の有無を確かめるものなのだろうか。それとも、駒場御薬園に勤める採薬師たちが隠密《おんみつ》の任も請け負っているためなのだろうか――。

登和子は凜《りん》と胸を張り、はなを見すえた。

「今後は、しっかりと考えなさい」

「はい」

素直に返事をすれば、登和子が鷹揚《おうよう》にうなずく。

「庭の様子をよく見ながら掃き清めるのですよ。今日の庭と、明日、明後日の庭を比べるのです。ぐるりと表のほうまで頼みますよ」

「かしこまりました」

「それから、言葉遣いも改めなさい。『あたし』などと言ってはなりませぬ」

「はい――申し訳ございません」

登和子が屋敷へ戻っていく。その後ろ姿を見送りながら、はなは箒の柄を強く握り直した。

「あたし――わたし――わたくし――？」

登和子は「わたくし」と言っていた。武家娘の詩織《しおり》も「わたくし」だった。ここは、やはり「わたし」ではなく「わたくし」だろう。

だが、何度「わたくし」と呟《つぶや》いてみても、しっくりこない。

はなはため息をついて、庭を見渡した。植えられている木々を端から順に目で追っていく。

枝ぶりのよい松、赤い葉を残した紅葉、大きな手の平のような葉を広げた八つ手、赤い実をつけた南天――何という名かわからない木もある。

何者かの仕業によって樹形が変わっても、すぐに気づけるだろうかと不安になった。庭に植えられている木や草花は、ただ愛《め》でるために存在するのだと思っていたが、武家では違うのだ。

はなは箒を手に、庭に立ちつくした。

地面から何十本も生えている水仙の葉の形まで、きっちりと一本ずつ覚えていなければならぬような、途方もない疲労感が押し寄せてくる。

昨日ここへ来た時に、近所の屋敷はどこもみな生垣をよく手入れしてあると思っていたが、日頃からわずかな乱れもなく整えておくことで、不審者への対策を講じていたのだと今になって知る。

はなは前掛の花唐草模様を見下ろしながら、たすきの結び目に手を当てた。両方とも喜楽屋で使っていた物だ。登和子に何も言われなかったので、これからも身に着けていて問題ないだろう。

はなを駒場へ送り出してくれた、おせいたちみんなの顔を思い浮かべる。

胸がじんわり温かくなった。

武家での暮らしは始まったばかり——しっかりやるのだと、はなは自分に言い聞かせながら、そろりそろりと箒を動かし始めた。

はなが掃除を終えると、朝餉の支度ができ上がっていた。登和子を手伝って、由莉が台所に入っている。脚つきの銘々膳《めいめいぜん》を板間へ運んでいた。

板間では、囲炉裏の前に左内と左之助が座っている。

昨夜顔を合わせた時には「御薬園で薬草の栽培に従事しております」と挨拶《あいさつ》していた左之助だが、はなの目から見ても、よく鍛えられているたくましい体つきをしていた。まだ年若い左之助も、隠密御用を命じられることがあるのだろうか――。

「さ、お座りなさい」

登和子に促され、はなも板間に腰を下ろした。

さりげなく膳の上に目をやれば、白飯、豆腐と大根の葉の味噌《みそ》汁《しる》、香の物、切り干し大根が、ちんまりとよそわれている。

昨夜も驚いたが、かなり質素な膳だ。喜楽屋の賄と比べて、品数も、量も少ない。

喜楽屋でも、どんぶり飯などの一品料理で賄を済ませることは多々あったが、使われている具材などが質素と感じたことはなかった。

下級武士は、その辺りの町人よりもよほど切り詰めた食事をしているらしいと聞いたことはあったが、昨夜初めて目の当たりにして、思わず一瞬目を見張った。これでは下女を置かぬのも無理はないと納得した。

はなは平静な表情を心がけて膳に向かい合った。左内が箸《はし》を手にする。それを合図に、左之助、登和子、由莉が箸を持った。はなも箸を手にする。

みなの食べ具合をちらりと目の端に入れながら、はなはゆっくりと箸を動かした。ばくばくと一人だけ早食いにならぬよう気をつける。

みな静かに食べ進めている。気をつけなければ、箸を使う音が大きく響いてしまいそうだ。

はなは味噌汁を口に含んだ。ごくりと汁を飲み込む音が目立ってしまった気がして慌てるが、表情には出さぬよう努める。

味噌汁の味つけはよい。切り干し大根も美味《うま》い。

しかし押し黙った静けさの中で食べていると、何だか味気ないように感じてしまう。

はなは無言で白飯を嚙《か》みしめた。

結城家でも、食事の時はみな口を利かぬのだろうか。それとも弾正が小言交じりに何か話しているのだろうか。そして良太は――。

良太とともに膳を囲む暮らしを思い描きながら、はなは切り干し大根を食べた。

よく味が染みている。醤油《しょうゆ》の加減が、ちょうどよい。ほのかに香る人参《にんじん》の香りと、油揚げの甘みが、切り干し大根にしっかりと絡みついていた。お世辞抜きで美味い。少量でも、白飯がよく進んだ。

しかし、喜楽屋の風呂吹《ふろふ》き大根がたまらなく恋しくなる――。

厚めの輪切りにした大根を箸で割り、口に運べば、鰹出汁《かつおだし》のよく染み込んだ大根の甘みが体中に広がった。上に載せられた柚子味噌《ゆずみそ》が絶妙に大根と絡み合い、血肉をかき分けるようにして腹の底へと落ちていく。鰹出汁の香りが、すべてを包み込んでいた。

じっくりと茹《ゆ》でられた喜楽屋の風呂吹き大根には、舌を通して心の奥底にまで染み込んでくるような、おせいの真心が込められていた。

はなは口角を引き上げて、伊澤家の切り干し大根を食べ進める。

ところ変われば、調理の仕方も味も変わる。近い将来には、結城家の料理を覚え、自分のものにしていかなければならないのだ。伊澤家と喜楽屋の違いに、いちいち戸惑ってはいられない。どんどん前へ進まねば――。

「ごちそうさまでした」

食べ終えた膳を前に、はなは背筋を伸ばして一礼した。

朝餉が終わると、表玄関近くの八畳間に呼ばれた。文机《ふづくえ》の上に、筆や紙が用意されている。その前に座るよう、登和子に促された。登和子も向かい合って居住まいを正す。

「はなさまは簡単な読み書きであればできると聞いておりますが、『いろは』はすべて書けますか？」

「はい」

はなは背筋をぐっと伸ばした。

「あたし――いえ、わたくしが子供の頃に、寺子屋で習いました」

登和子は文机の上の筆に目をやった。

「では書いてごらんなさい」

「はい――」

恐る恐る墨を磨《す》る。登和子が目の前でじっと見ているので落ち着かず、つい手に力が入り過ぎてしまう。墨の持ち方や手の動かし方など、つぶさに観察され、品定めされている気がした。

磨り終えた墨を筆に含ませながら、墨の濃さは大丈夫だろうかと不安になる。ええい、ままよと真っさらな半紙に筆をつけようとしたが、やはり躊躇《ちゅうちょ》した。筆の根元まで、べちゃりと半紙につけてしまったらどうしよう——上手《うま》く書けるだろうかと思うと、緊張でかすかに手が震えてくる。

そろりそろりと「い」を書いた。墨の濃さは、おそらく大丈夫だ。続けて「ろ」、その次は「は」を書く。

いろはにほへとちりぬるを——。

ひらがな四十七文字を書き終えて、はなは大きく息をついた。登和子の鋭い眼差《まなざ》しを感じながら筆を動かし続けていたので、どっと疲れた。

登和子が半紙を手にして、満足げに目を細める。

「四十七文字すべて合っています。思っていたより、ずっと美しい字ですね」

はなの心が、ぱっと明るくなった。まるで霧が晴れるように、緊張が解けていく。

「これまでに、文などはよく書いていましたか？」

はなは首を横に振った。

「改まった文を書いたことはございません。普段の暮らしでは、字を書く機会もそう多くはありませんでした。店の品書きを読んだり書いたりできる程度と——あとは、普段の買い物に困らない程度の簡単な金勘定ができるくらいで――」

登和子の表情がわずかに曇る。

「では、百人一首のかるた遊びなどをしたことは？」

「ございません」

はなの胸に再び不安が込み上げた。ひらがなの読み書きができるだけでは、やはり駄目なのか――。

「他家のご新造と文のやり取りをする機会なども今後は出てくるでしょう。たしなみのひとつとして、百人一首くらいは覚えておかねばなりませんね」

「はい……」

百人一首は、百人の歌人の歌を一首ずつ選び集めた歌集だ。

「わたくしも由莉も、手習いを始めた時は、まず『いろは』を習い、次に百人一首を習いました。あなたも、すぐに覚えられますよ」

励ますように登和子が微笑む。だが、はなは自信を持てない。本当に、百首の歌をすぐに覚えられるだろうか。

「ちなみに、お二人は、いくつくらいの時に百人一首をすべて覚えられたのでしょうか？」

登和子が小首をかしげる。

「手習いを始めたのは、六つの時だったはず――由莉も、同じ歳から始めさせています」

はなは消沈した。

武家の娘が十にもならぬうちから学んでいることを、今やっと始めようとしているのか――苦労するとわかっていたつもりだが、道のりは途方もなく遠いのだと、改めて実感する。

「百人一首の手本を書いてあげますから、写して覚えなさい。筆や硯《すずり》はお持ちですね？」

「はい。部屋に置いてあります」

根岸のご隠居が、着物などと一緒に、筆記用具や裁縫箱も用意してくれていた。

場を代わり、今度は登和子が筆を持つ。

美しい姿勢だ。

背筋の伸ばし方、肩の力の抜け具合、頭の傾け方や、筆を持つ指先までもが、すべて隙なく完璧《かんぺき》に見えた。

さらさらと軽やかに、登和子は一首目の歌を書き綴《つづ》っていく。

——秋の田の　かりほの庵《いお》の　苫《とま》をあらみ　わが衣手は　露に濡《ぬ》れつつ——。

漢字には、振りがなをつけてくれた。

続けて二首、三首と書き進め、あっという間に百首を書き終えてしまった。

「どうぞ」

「ありがとうございます」

受け取った手本が、ずしりと重く感じられた。一日も早く覚え込まねばと、気があせる。

登和子はおもむろに立ち上がると、障子を開け放った。

縁側と奥の庭木の間には、草一本生えていない地面が広がっている。ここで剣の稽古《けいこ》などを行うのだろうかと思われた。

「当家には、茂吉《もきち》という小者がおります。もとは上目黒村に住む百姓で、栽植や除草のための人足として御薬園で働いておりましたが、畑仕事から引退し、今は当家に仕えてくれております」

登和子は裏庭の右手奥を指し示した。

「茂吉は離れの小屋で寝起きしておりますが、あなたを迎え入れるため、一昨日から、上目黒村の息子のもとへ帰しておりました」

はなは思わず「えっ」と声を上げた。

「あたし――いいえ、わたくしを迎え入れるために茂吉さんを帰したとは、いったい、どういう――」

「茂吉に『さん』は不要です。奉公人は呼び捨てで、けっこう」

「はい――申し訳ございません」

はなは唇を引き結んだ。

もし茂吉が喜楽屋に来ていれば、呼び捨てになどできぬ「客」だっただろうに――などと、つい考えてしまう。はな自身が突然偉くなったわけではないのに、人との接し方も、ここでがらりと変えていかねばならぬのか――。

「茂吉を村へ帰したのは、結城良太さまが、ご自身で、あなたを迎えにいきたいと強く望んだからです」

登和子は庭の木々をじっと見つめた。まるで庭木の向こうに良太が立っているかのように。

「昨日も申しましたが、あなたは、わたくしの遠縁ということになっております。本来であれば、わたくしの実家側の小者が送ってくるか、伊澤家の小者である茂吉が迎えにいくのが筋というもの。結城家のお手をわずらわせることなどありませぬ。

ゆえに、無理やりにでも体裁を取り繕う必要があったのです」

双方の小者が身内の不幸などで、たまたまそろって暇をもらっていた――そのため、登和子の遠縁の娘が住む近くまでたまたま出向く用事のあった良太が、渡りに船で、遠縁の娘を駒場まで連れてくるよう頼まれた――という筋書きだ。

隣近所も、細かな矛盾など突いてこない。こじつけだとわかっていて、あえて黙認するのだという。

そこまでして体裁を取り繕う必要があるだなんて、何て面倒くさい――という言葉を、はなは心の中で打ち消した。

町人でも、親が息子の見合い相手を見にいくため、無理やり用事を作り出して相手の家を訪問するという話を聞いたことがある。取り次ぎのため客前に出された娘の応対ぶりが、ほんのわずかな間に品定めされるのだという。

武家でも商家でも、良家というものには、きっと何らかの体裁が必要なのだろうと、はなは思った。

自分はこれから、その武家に入ろうとしている――いや、すでに入っているのだ――口から出そうになる重いため息を、はなは嚙《か》み殺した。

多くの人々の助力を得て、はなは良太とともに生きる道へ踏み入ったのだ。不安になどなってはいられない。

登和子が障子を閉めて、はなに向き直る。

「では部屋へ戻って、さっそく百人一首を覚えていらっしゃい。文机《ふづくえ》を運びましょうか」

「はい」

登和子とともに、文机を自室へ運び入れる。

「ありがとうございました」

「しっかりお励みなさい」

「はい」

登和子が去っていく。はなは文机に目を移した。

がらんとしていた部屋に、物が増えていく――この部屋で暮らしていくのだという実感が、やっと込み上げてきた気がした。

ご隠居が用意してくれた荷物の中から、筆記用具を取り出す。ぴんと背筋を伸ばして文机の前に座り、墨を磨《す》り始める。

登和子が書いてくれた百人一首の手本に目を落とせば、半紙に書かれた文字たちが凛《りん》と顔を上げて、こちらを見ているような気になった。まるで文字のひとつひとつに登和子の魂が宿っているかのようだ。

近いうちに武家のご新造と文のやり取りをするようになるのだと思えば、怖気《おじけ》づいてしまいそうになる。

武家の女であれば当たり前に身についているはずのたしなみが、はなにはないのだ。学も品もない百姓上がりの女めと、そしりを受けないだろうか。良太に恥をかかせ、結城家の名を汚す事態となれば、詫《わ》びても詫びきれぬ——。

心細くなった。

墨を磨る手が、つい止まる。ため息が口からこぼれ出てしまう。

ふと、良太の笑顔が頭の中に浮かび上がった。

——きっと蛍の約束を果たそう——。

そう言われて別れたのは、まだ昨日のことではないか。心細くなるには、早過ぎる。しっかりしろと、はなは心の中で自分を叱咤《しった》した。

大きく息をついて、背筋を伸ばす。顎《あご》を引いて、口角を引き上げた。

とにかく今は懸命に、百人一首を覚えるしかないのだ。弱音を吐くなど許されぬ。

心を落ち着けて、墨を磨るのだ。

はなは居住まいを正して、再び手を動かした。

だが、いったん浮かび上がった良太の顔が頭から離れない。

無心になるということは、どうしてこんなにも難しいのだろう――。

ただひたすらに手を動かし続けているはずなのに、頭の中に浮かんだ良太の顔に気を取られてしまう。会いたいという思いが胸をよぎれば、今すぐ会いたくてたまらなくなってしまう。

良太の行方がわからなかった時よりも、会いたいという思いを抑えるのが苦しい気がするのは、結城家が今いる場所の近くにあると知ってしまっているせいだろうか。

はなは首を横に振って、頭の中から良太を追い出そうと努めた。墨をしっかり濃く磨ることにだけ気を集めるのだ。

納得できる濃さまで墨を磨り終えると、はなは筆を手にした。

一字一句間違えずに書き上げてみせると意気込みながら筆に墨を含ませ、手本を見つめる。

「あ――き――の――た――の――」

声に出しながら、ゆっくりと丁寧に字を書いていく。何度もくり返し、半紙が真っ黒になるまで歌を書き写せば、百首すべてを覚えられるだろうか。

覚えるしかない――。

はなは必死に筆を動かし続けた。

不意に、障子のすぐ向こうで、ばたばたと足音がした。

はなが筆を止めて顔を上げれば、障子に映った人影が回り廊下を駆けていくところだった。足音は、あっという間に遠ざかっていく。

この家には、駆け回って騒ぐような子供はいないはずだが――障子に映った人影の背丈も、それほど小さくは見えなかった――はなは首をひねりながらも、百人一首の書写に戻った。

再び、ばたばたと足音がする。今度は近づいてくる。はなは筆を置いて立ち上がった。

と同時に、障子の前で人影が立ち止まる。

「はなさま、由莉でございます。ここを開けてもよろしいでしょうか」

「どうぞ」

言い終わる前に、すぽんと障子が開いた。

「わたくしの懐中鏡をご存じありませんか!?」

切羽詰まった顔でいきなり問われ、はなは困惑する。

「懐中鏡とは、どのような――」

「天色《あまいろ》の地に、白百合《しらゆり》の刺繡《ししゅう》が施された袋に入っております」

由莉は泣きべそをかきながら、胸の前で両手を握り合わせた。

「お婆さまの形見の品なのです。きっと一昨日の夜、この部屋から文机などを動かした際に落としてしまったのでございましょう。実は昨日も、こっそり捜し回っていたのですが、まだ見つからなくて――」

はなは息を詰めた。

「この文机は、先ほど登和子さまと一緒に八畳間から運んできたのですが――もともとは、この部屋にあった物なのですか？」

由莉はうなずいた。

「日本橋の裕福な商家が、はなさまの後ろ盾になっていると伺いました。当家へお持ちになるお荷物の多さがわからなかったので、とりあえず部屋に置いてある物はすべて運び出しておいたほうがよかろうと、八畳間と納戸へ分けて移したのです。まさか紀伊国屋文左衛門《きのくにやぶんざえもん》ほどではあるまいが、もしも豪儀な商人であれば、どんな豪華な支度をさせてくるかわからぬぞと、父上が冗談交じりにおっしゃって――」

紀伊国屋文左衛門は、元禄《げんろく》の頃の豪商である。蜜柑《みかん》のように金を撒《ま》き、吉原《よしわら》の遊女をすべて買い切ったと伝えられるほどの豪遊ぶりだったという。

「それで行燈《あんどん》以外は何も置かれていなかったのですね……」

きっと左内は、堺屋《さかいや》の繁盛ぶりを調べ上げていたのだろう。はなが武家に舐《な》められぬよう、家具なども含めて立派な支度をしてくるやもしれぬと危ぶんでいたのかもしれない。根岸のご隠居の人柄をかんがみれば、悪目立ちするような派手な真似はするまいとも思ってはいたのだろうが――。

　身分が違えば、常識も違う。伊澤家にも迷惑をかけていたのだという思いが、はなの胸に込み上げてきた。

「由莉さまも、あたしの――いえ、わたくしのせいで、懐中鏡を失くされてしまったのですね」

　由莉は慌て顔で首を横に振った。

「いいえ、はなさまのせいなどと、そのようなことは思っておりませぬ。わたくしが落ち着きなく動き回っていたせいなのでございます。わたくしが無作法者ということは、昨日対面した折に、すでにご存じでございましょう?」

由莉は半分おどけたような顔で、自嘲《じちょう》の笑みを浮かべる。幼子のようにあどけない笑顔に見えて、はなを気遣う大人の心を持ち合わせているのが見て取れた。

だが、笑みは長く続かない。

由莉は切羽詰まったように顔をゆがめて、一歩前に出た。拝むように両手を合わせ、すがるような目で、はなを見つめてくる。

「お願いでございます。どうか、わたくしと一緒に懐中鏡を捜してくださいませ」

思わずといったふうに、由莉の手がはなの手をぎゅっと握りしめた。

「母上が裏の菜園にいらっしゃる今こそが、家の中を捜し回る絶好の機会なのです。急がねば、母上が戻ってきてしまいます」

「では、登和子さまはご存じないのですね？」

由梨は眉根《まゆね》を下げてうなずいた。

「お婆さまの形見を失くしたなどとは、とても言えずに――」

はなは励ますように笑いかけながら、由莉の手を握り返した。

「わかりました。一緒に捜します。二人で懸命に捜せば、きっとすぐに見つかりますよ」

由莉の表情が、ぱっと明るくなった。

「ありがとうございます！」

はなは大きくうなずいた。

「さあ、登和子さまが菜園からお戻りにならないうちに、さっさと見つけてしまいましょう。まずは、この部屋から――」

二人で畳に這《は》いつくばって、隅から隅まで捜した。押し入れの中の隅々にまで目を凝らしたが、懐中鏡は出てこない。

がっくりと由莉が肩を落とす。その肩を、はなは優しくぽんぽんと叩《たた》いた。

「文机《ふづくえ》を動かした、八畳間を見にいきましょう」

急ぎ足で回り廊下を進み、部屋の中を改める。端から端まで二人で何度も確かめたが、懐中鏡は見つからない。

「納戸へも、何か運んだんですよね？」

「はい。行李《こうり》をひとつ――」

「行きましょう」

回り廊下の反対奥へ、二人で駆けた。

大きな音を立てぬよう気をつけながら納戸の戸を引き開けて、由莉が運んだという行李の蓋《ふた》を取る。中には、葡萄色《ぶどういろ》の半纏《はんてん》が一枚入っていた。女物だろうか。着古した感はまったくない。

「これは、どなたの――？」

　由莉は恥ずかしそうに目を伏せた。

「以前、わたくしが裁縫の練習で縫った物です。はなさまに使っていただけたらと思い、よく晴れた日に干しておいたのですが――もっと綺麗《きれい》な、新しい物をお持ちになるかもしれないと思い直して、納戸へしまったのです」

「まあ……そんなお気遣いを……」

　はなは半纏を手にした。納戸の中ですっかり冷えてしまっているが、温かい由莉の心が手にしっかりと伝わってきた気がした。

「この半纏を使わせていただいてもよろしいですか？　朝晩の冷え込みから、身を守ってくれそうです」

　由莉は笑顔になって、うなずいた。だが、空になった行李の中に目を戻せば、あっという間に表情が曇っていく。

「やはり鏡はございませんでしたね……」

　はなは半纏を行李の中にいったん戻した。もとの場所に置いて、床にしゃがみ込み、辺りを見回す。だが、懐中鏡はどこにも落ちていない。

「わたくし、どこに落としてしまったのでしょう」

由莉はくしゃりと顔をゆがめた。

「野良猫か何かが、玩具《おもちゃ》にして遊んで、そのまま持ち去ってしまったのでしょうか。懐中鏡を入れた袋には、飾り紐《ひも》がついておりましたから――」

はなの頭に、こはくの姿が浮かび上がる。

確かに、こはくも紐に夢中でじゃれついていた――。

なるほど、猫であれば飾り紐をくわえたまま、どこかへ運んでいってしまった恐れがある。

「猫が行きそうなところといえば――」

はなは回り廊下へ出た。

庭を見渡すが、天色の袋は見当たらない。

「どこかに野良猫の住処《すみか》はないでしょうか？」

由莉は首をかしげる。

「野良猫はたまに見かけますけれど、うちの庭に住処などございません。もしあれば、母上がそのままにしておくはずがございませぬ」

「そうですよねえ――野良猫が木に登ったりしたことはないでしょうか」

「さあ……わたくしは見ておりませぬが……」

庭木の枝一本ずつに目を凝らしても、天色《あまいろ》の袋らしき物は引っかかっていない。

「上でなければ、下か――」

はなは回り廊下の縁に這いつくばって、床下を覗《のぞ》き込んだ。

「ない」

這いつくばったまま、回り廊下を移動していく。

「ここにも、ない」

「はなさま、危のうございます。廊下から庭へ落ちてしまいますよ」

背後で由莉が慌て声を上げる。

「はなさま、もうおやめになって。そのような恰好《かっこう》を母上に見つかっては、一大事にございます」

「ええ、でも、お婆さまの大事な鏡を見つけないと――」

言いながら、膝《ひざ》を動かしてまた移動し、はなは目を見開いた。

「あった！」

回り廊下の下に、天色の袋が落ちている。はなは手を伸ばした。白百合《しらゆり》の刺繍《ししゅう》が施されており、天色の飾り紐がついている。

がっちりと袋をつかんで、はなは身を起こした。

「お捜しの物はこれですよね？」

差し出せば、由莉は目を見開いて大きくうなずいた。袋についていた埃《ほこり》を払ってから渡せば、由莉は目を潤ませて受け取り、中身を取り出す。

「間違いございません。お婆さまの懐中鏡でございます」

「割れたりはしていませんか？」

「はい――おかげさまで、無事でございます」

由莉の目から、ぽろりと涙がこぼれ落ちた。はなは安堵《あんど》の息をついて、目を細める。

「よかったですね」

由莉は懐中鏡を胸に抱いて、深々と頭を下げた。

「はなさま、本当にありがとうございました」

「いいえ。お役に立てて嬉《うれ》しいですよ」

由莉は人差し指で涙を拭《ぬぐ》うと、満面の笑みを浮かべた。はなも、にっこりと笑みを返す。

由梨と心が繋《つな》がった――そう強く思えた瞬間だった。

翌日、はなは再び表玄関近くの八畳間に呼ばれた。

登和子と向かい合って居住まいを正す。

「百人一首は覚えましたね？」

「はい――」

途中までは大丈夫のはずだ。

「では、そらんじてごらんなさい」

はなは、ごくりと唾《つば》を飲んだ。登和子は身じろぎもせずに、はなの口から歌が出てくるのをじっと待っている。

どきどきと緊張する胸を押さえて、はなは口を開いた。

「秋の田の、かりほの庵《いお》の、苫《とま》をあらみ、わが衣手は、露に濡《ぬ》れつつ」

登和子の顔を窺《うかが》えば、どうかしたのかと言いたげに首をかしげられた。

「合っていますよ。どんどん先へお進みなさい」

はなは慌てて二首目を口にする。

「春過ぎて、夏来にけらし、白妙《しろたえ》の、衣ほすてふ、天の香具山《かぐやま》」

続けて二首、三首と、そらんじていく。

八首目になって、つまずいた。

「わが庵は、都のたつみ――たつみが――ええと――」

登和子の目が剣呑《けんのん》な光を放った。はなは息を詰まらせる。言葉が出てこない。まるで蛇に睨《にら》まれた蛙のように、体が強張《こわば》った。

この句の次であれば、わかるのに――。

はなは奥歯を噛《か》みしめた。

九首目の歌には「花」がつく。

――花の色は　移りにけりな　いたづらに　わが身世にふる　ながめせしまに――。

自分の名が入っている歌だ。しかも、今は「花の色」の着物も身にまとっている。

歌の内容はともかく、そらんじるだけであれば、一番覚えやすかった。

登和子が呆《あき》れ顔で、ため息をつく。

「昨日は部屋で何をしていたのですか。まともに覚えられたのが、たった七首とは、情けない限りです」

登和子の厳しい眼差《まなざ》しが、はなに突き刺さった。

「あなたに与えられた時は、とても短いのですよ。遊んでいる暇などありません。いったい何のために、ここへ来たのです。自覚が足りませんよ」

はなは唇を噛んで、深々と頭を下げた。

「申し訳ございません」

「今すぐにでも、あなたは生まれ変わらねばならぬのですよ。言葉遣いを変え、髷《まげ》の結い方を変え、がらりと意識を変えねばならぬのです。決して、たやすい道ではありません。百人一首ごときに手間取っていて、どうするのです」

「はい――」

「自分の部屋へお戻りなさい」

見捨てられてしまう――そう思ったとたん、体に震えが走った。はなは慌てて顔を上げ、すがる気持ちで登和子を見つめた。

「本当に申し訳ございませんでした。どうか、もう一度、百人一首に挑ませてください」

登和子は不快そうに顔をしかめる。

「今日は、もうよろしい。一人になって、よく考えなさい。甘えを捨てねば、この先やってゆけませんよ」

取りつく島もなく、登和子は足早に部屋を出ていった。

はなは泣きたい気持ちで唇を噛みしめる。

甘え――。

懸命にやろうとしている気持ちをすべて否定された気がした。

だが、百首の歌を覚えきれなかったのだ。百首どころか、十首までもすらすらと口にできなかった。甘えていると言われても仕方がない。

「はなさま」

周囲を見回しながら、由莉が部屋へ駆け込んできた。

「申し訳ございません。わたくしのせいで、お母さまに叱られてしまって――」

近くを通りかかったら登和子の怒り声が聞こえてきたので、つい気になって、隣室でこっそり耳をそばだてていたのだという。

はなは無理やり口角を引き上げて、首を横に振った。

「由莉さまのせいではございませんよ」

「いいえ。わたくしが懐中鏡を一緒に捜してほしいとお願いしたばかりに、はなさまの邪魔をしてしまいました」

泣きべそをかく由莉に向かって、はなは首を横に振り続けた。

「やっぱり、わたくしが甘かったのです。百人一首は、少しずつ、何日かがかりで覚えればよいと思っておりました。一日で百首すべてを覚えねばならぬとは、まったく思っていなかったのです。登和子さまに呆れられても仕方ありません」

由莉は眉尻《まゆじり》を下げて、すねたように唇を尖《とが》らせた。

「わたくしだって、たった一日で百首すべては覚えられませんでした。母上も、そこまでは求めませんでしたよ」

――あなたに与えられた時は、とても短いのですよ――。

登和子の言葉が、はなの頭の中によみがえった。

武家の娘として生まれ育った登和子も由莉も、六つから手習いを始めて、百人一首を覚えたという。きっと歌の意味もわからぬまま何度もくり返し素読して、書き写し、覚えていったのだろう。

それに比べれば、確かに、はなに与えられた時は短過ぎる。武家娘が十にもならぬうちから学び始めて覚えたことを、今どんどん詰め込んで、瞬く間に身につけていかねばならぬのだ。

武士の妻としての修養が身につかねば、良太のもとへ嫁ぐことはできない。

はなはうつむいた。

一度で覚えきってやるぞという覚悟を持って挑まねばならなかったのだ――。

はなは自分の甘さを今さらながらに痛感した。登和子が怒るのも無理はない。

「わたくしに、お手伝いさせてください」

顔を上げれば、由莉が祈るように胸の前で両手を握り合わせていた。

「わたくしにできることなら何でもいたします。まずは、かるたを一緒にやってみませんか」

「かるた……？」

首をかしげるはなの手を、由莉が握りしめる。

「百人一首の歌がるたでございます。わたくしも幼い頃に、かるたで覚えました」

由莉は必死の形相だ。自分のせいではなが叱責《しっせき》されたと気に病んで、何とか現状を打破したいと強く思ってくれているのだろう。

はなは口角を引き上げた。

こんな時こそ笑顔だと、両親の遺言を心の中でくり返す。

嬉《うれ》しい時も、悲しい時も、どんな時でも笑っていろ。笑いながら不幸になるやつなんかいない。満開の花のように笑っていれば、いつか必ず幸せになれるから。笑えば、きっと福がくる——。

そうだ、ここであきらめてなるものか。にっこり笑って、挑むのだ。今までだって、同じようにして、つらい時を乗り越えてきたではないか。

先ほど、登和子は言っていた。

――甘えを捨てねば、この先やってゆけませんよ――。

ということは、まだ「この先」があるのだ。

大丈夫。ここで終わりじゃない。こんなところで、くじけてたまるか。しっかりしろ。百人一首が怖くて、武士の妻が務まるもんか。

はなは笑みを浮かべながら、ぎゅっと由莉の手を握り返した。

「かるたをお願いいたします。百人一首の歌の意味も教えてくださいませ」

「はい！」

由莉は顔をほころばせて、はなの手を引っ張った。

「さっそく今からいたしましょう！」

はなは手を引かれるまま八畳間を出て、足早に廊下を進んだ。

はなの部屋で、由莉が小箱の蓋《ふた》を開ける。

中に入っていた札の半分を畳の上に並べ終えると、由莉は残り半分の札を手にして居住まいを正した。

「畳の上の札には、下の句だけが書かれています」

はなの側から読みやすいように文字の向きがそろえられていた。

「わたくしが上の句を読み上げますから、それに続く下の句の札をお取りくださいませ」

由莉が手の中の札を切る。これで順番は、ばらばらだ。由莉は手元の札を一枚取って、大きく息を吸った。

「みかの原～わきて流るる～いづみ川～」

抑揚をつけて歌うように上の句を読み上げると、由莉は畳の上に目を落とした。

「このあとに続く、下の句の札をお取りくださいませ」

はなは戸惑いながら畳の上を見回す。

「えっと――『みかの原』の続きは――」

ずらりと並ぶ札の文字に圧倒されて、混乱してしまいそうだ。はなは懸命に、あちこちの文字を目で追った。

「この歌の意味は――みかの原から湧き出て流れるいづみ川ではないが、いつ見たというわけでもないのに、こんなにもあの人が恋しいのか――というものです」

助け舟のように、由莉の声がすーっと耳に入ってきた。

「京の『みかの原』と『いづみ川』が、歌に詠み込まれていますわね。いづみ川は、みかの原を二分するように流れている川なのだそうですわ。みかの原から湧き出て流れる川と、男女が離れ離れに隔てられている様子を表す掛詞《かけことば》として『わきて』が使われているのです」

「はあ……『いつ見たというわけでもないのに、こんなにもあの人が恋しい』というのは、どういうことですか？」

かつて学んだことを反芻《はんすう》するような表情で、由莉は小首をかしげた。

「この歌が詠まれたのは、平安《へいあん》の世です。当時、高貴な女人は決して人前に顔を晒《さら》さず、御簾《みす》越しに人と話をしていました。ゆえに女人に恋する男は、相手の顔を直接見ることが叶《かな》わぬまま、耳に入ってくる評判や、文に書かれた歌などで、相手の良し悪しを判断していたそうです。この江戸の世になっても、相手の顔を知らぬまま、御家のために嫁ぐことはございますでしょう？」

「そうですね……なるほど……」

由莉の説明が完全に飲み込めたわけではないが、歌の意味の中に、下の句の手がかりとなる言葉はあった。「いつ見たというわけでもないのに、こんなにもあの人が恋しいのか」という内容が書かれている下の句を探せばよいのだ。下の句の札には、「いつ」という文字が書かれているはず――。

はなは畳の上の札に目を凝らした。「いつ」という文字はどこだ――。

「あった！」

はなは身を乗り出して、一枚の札を手にした。

「いつ見きとてか、恋しかるらむ――『みかの原』の下の句は、これですよね⁉」

まるで丁か半かと博徒に詰め寄る壺振《つぼふ》りにでもなったかのような心地で、はなは手にした札を由莉の前に掲げた。

由莉は満面の笑みを浮かべてうなずく。

「正解でございます！」

はなは、ほっと安堵《あんど》の息をついた。

「よかった……やっぱり歌の意味を教えていただいたほうが覚えやすいですね」

由莉が次の札を手にする。

はなは居住まいを正して、畳の上の札を見渡した。

「よろしいですか？」

「お願いいたします」

由莉が上の句を読み上げて、歌の意味を告げる。

はなは頭の中に歌の世界を思い描きながら、必死に下の句を探した。

翌朝、はなは庭の掃除をしながら、昨日までとの景色に相違がないか見回った。

異変を感じれば、すぐ登和子に報《しら》せねばならない。

風で飛んできた落ち葉にも不審な点がないか、箒《ほうき》を動かす手を時折止めて、じっと目を凝らす。

「紅葉、笹、金木犀《きんもくせい》――」

どの落ち葉にも怪しい点はないように見える。葉のついた茎を、すぱっと刃物で切り落としたような跡もない。

はなは神経を尖《とが》らせながら庭を掃き進めた。

登和子が回り廊下を歩いてきた。ざっと庭を見回してから、はなに向き直る。その眼差《まなざ》しに、もう怒りはないようだが――。

「掃除が終わったら、縁側にいらっしゃい。たすきは、そのままで」

「はい」

たすきがけをしたまま縁側で何をするのだろうかと思いながらも、はなは掃き集めた落ち葉を片づけた。

急いで縁側へ行くと、由莉が神妙な顔で居住まいを正していた。はなの姿を見て何か言いたげに口を開きかけるが、登和子の目を気にして、すぐに口を引き結ぶ。無言で背筋を伸ばしていた。

登和子が目で由莉の隣を指し示す。

「お座りなさい」

「はい」

由莉の隣に腰を下ろせば、登和子が凛《りん》としたたたずまいで二人の前に立った。しばし無言で、はなを見下ろす。はなは思わず、ごくりと唾《つば》を飲んだ。また何か叱責《しっせき》されるのだろうかと、身構えてしまう。

登和子が口を開いた。はなは身を硬くする。

「瀬を早み～」

登和子の口から出たのは、百人一首の歌だった。驚いて目を見開いたはなを、登和子はじっと見つめる。

「岩にせかるる～滝川の～」

ここで歌を切って、登和子は口をつぐんだ。歌の先を促すように、はなを見つめ続けている。

はなは口を開いた。

「われても末に、逢《あ》はむとぞ思う――」

登和子の目を見つめ返せば、満足げにうなずかれた。はなは、ほっと安堵の息をついて、隣に座る由莉を見た。由莉は嬉《うれ》しそうな笑みを浮かべている。

由莉に歌の内容を手ほどきしてもらったおかげで、今の自分の心境に近い歌は、特によく覚えられた。この歌も、そのひとつだ。

――瀬を早み　岩にせかるる　滝川の　われても末に　逢はむとぞ思ふ――。

川の瀬の速い流れが岩にせき止められて二手に分かれても、またひとつになるように、今は別れて暮らすあの人とも、きっとまた逢おうと思っているよ――という意味である。

由莉に歌の意味を教えられた時は、すぐに良太の顔が頭に浮かんだ。今は別々に暮らしていても、きっとまた同じ屋根の下で暮らせるのだと信じている、自分の心と重なり合う歌だと思った。

「逢ひ見ての～後の心に～くらぶれば～」

登和子がそらんじた上の句に、はなは続く。

「昔はものを、思はざりけり――」

あなたに逢って、契りを結んだ後の恋しい気持ちに比べれば、昔の想いなどあってないようなものだった――という意味の歌である。

この歌も、やはり、すぐに良太への想いと結びつけてしまった。良太と出会い、夫婦として暮らしたのも束の間、すぐに離れ離れになってしまった間のつらい日々が、はなの頭によみがえった。良太と結ばれる前と後では、はなの世界が大きく変わってしまったのだ。この歌にも、はなは自分の心を重ね合わせた。

登和子が上の句をそらんじる。はなは下の句をそらんじる。

何首か続けたのち、登和子は鷹揚《おうよう》にうなずいた。

「危ういところも多少ありましたが、よく励みましたね。おそらく百首すべては覚えきれていないのでしょうが――」

はなは、どきりとした。確かに、これ以上続けていたら、また言葉が出なくなってしまっていただろう。登和子には一切のごまかしが通用しないらしい。しっかりと見抜かれている。

その通りだと言わんばかりに、登和子が口角を引き上げた。

「今日のところは、これでよしといたしましょう」

登和子は由莉に目を移す。

「かるた稽古《げいこ》をした甲斐《かい》がありましたね」

由莉は「ひ」と、小さな悲鳴のような声を上げた。

「何のことでしょうか、母上」

登和子の眉《まゆ》が吊《つ》り上がる。

「はなさまの部屋で札を読み上げる声が、廊下まで聞こえておりましたよ。そもそも——」

登和子は由莉の真正面に立つと、厳しい眼差しで由莉を見下ろした。

「懐中鏡を失くしたと、わたくしに隠したまま、はなさまを巻き込んだおまえが一番悪いのです。正直に申し出ておれば、事態はまた違っていたことでしょう」

由莉は面目なさそうに、しょんぼりとうつむいた。

「申し訳ございませんでした」

登和子は表情をゆるめぬまま、はなに向き直る。

「はなさまも、由莉の頼みを毅然《きぜん》と断らねばなりませんでした。おのれの頭の上の蠅を払えぬ者に、他人の世話を焼く余力などございませぬよ。ご自分の力量をわきまえなさい」

「はい——」

はなは低頭した。もっとも過ぎて、ぐうの音も出ない。

「庭へ下りなさい」

「えっ——」

はなが戸惑っている間に、登和子は縁側の隅に置いてあった二本の長い棒を手にした。そのうち一本を、はなに差し出してくる。

「今日から薙刀《なぎなた》の稽古を始めます」

はなは受け取った棒を見つめた。六尺は優にあろう。反り返っている上部は、薙刀の刃を模しているのか。

登和子が足袋《たび》のまま庭へ下りた。草一本生えていない地面だ。先日、八畳間から見た時に、ここで剣の稽古などを行うのだろうかと思ったが、やはり武術の稽古場になっていたのだ。

「まず、中段の構え——これは、すべての基本となる構えです」

登和子が体を横に向けて薙刀を構えた。はなも慌てて足袋のまま庭へ下りる。

「右手は腰骨の辺り、左手は伸ばして——手幅、足幅は、肩幅と同じくらいに開いて、半身に構えるのです」

「はい」

見よう見真似で構えてみた。

「次は、八相の構え――これは相手を攻撃する構えになります」

切っ先を上げながら、体の中心で右手と左手の位置を入れ替えるようにする。上にした右手は耳の高さ、下にした左手は腰の高さにくるようにする。

「下段の構え――これは敵の足を攻めながら、自分を守る構えとなります」

再び体の中心で右手と左手の位置を入れ替えて中段の構えに戻し、左手を少し伸ばしながら切っ先を下へ向ける。

「まずは、このみっつの構えを覚えなさい」

「はい」

促され、中段、八相、下段と、くり返してみる。すぐ脇に登和子が立って、時折手の位置を直された。

「そのうちに、立ち合い稽古もいたしますよ」

はなは思わず動きを止めた。

「立ち合い――ですか」

「実際に打ち合っておかねば、敵と対峙《たいじ》した時にまったく動けませぬ。木で作った薙刀ではなく、刃のついた本物にも触れておかねばなりませぬよ。重さや握り心地が、まるで違いますゆえ」

伊澤家の廊下の長押《なげし》にかかっていた薙刀を思い返す。当然だが、あの薙刀は飾り物ではなく、刃がついている本物なのだ。

武家屋敷は、常に敵襲に備えている城のようなものなのか――。

「薙刀などが近くにない場所で、不意に襲われた時は、簪《かんざし》を武器になさい」

はなは右手で薙刀を握りしめたまま、左手をそっと簪に当てた。

「武家の女の方は、敵に襲われた時、懐剣で戦うものだとばかり思っておりました」

以前、武家娘の詩織は襲われた時に懐剣を抜いていた。

登和子は鷹揚にうなずく。

「むろん、そのような時もございましょうが、急場では懐剣袋から取り出す間を惜しまねばなりませぬ。それに、そもそも懐剣は、実家の紋が入った神聖な守り刀でございますれば――あらかじめ敵襲を予見できるような時には、別の短刀を用意するのが望ましいでしょう」

登和子は左手で木製の薙刀を持つと、右手で自分の髪から簪を抜き取った。はなが良太に贈られたのと同じ、銀の平打ち簪だ。植物の模様が彫られた平たい丸板に、二本の脚がついている。

登和子は二本の脚の先端を、はなの顔の前に突き出した。

「このようにして、敵の目を突くのです。上手《うま》くいけば、相手は戦意を喪失するはずです」

はなは登和子の簪の先端を見つめた。

良太から贈られた簪は、単に身を飾るためだけの物ではなかったのか——。

「さ、続きを」

「はい」

はなは木製の薙刀を構えた。中段、八相、下段——教えられた通りの型をきちっと作れるよう、腕や足の位置に気をつける。

「腕の動きが大き過ぎます」

「はい」

返事をしながら、登和子の髪にちらりと目を走らせた。簪はもとの位置に挿し直されている。

武家の女は、簪さえも武器にしなければならないだなんて——。

「もっと速く」

「はい」

「なめらかに」

「はい」

今は、あれこれ考えている余裕などない。薙刀の構えを体に叩《たた》き込むのだ。

「いいですよ。その調子です」

「はい」

はなは懸命に体を動かし続けた。


その日の夕餉の支度は、はなも台所に入った。

由莉が人参《にんじん》の皮をむいている間に、はなは大根の皮をむく。

厚揚げの煮物を作っていた登和子が、ちらりと横目で由莉を見た。

「幼い頃、短冊切りにした青物を嫌がっていた時期がありましたね」

由莉は一瞬わずかに小首をかしげたが、すぐに思い当たる節があったようで、唇を小さく尖《とが》らせた。

「わたくしが懸命に百人一首を覚えていた頃でございますね？」

登和子は苦笑しながらうなずく。

「食事の時にまで歌を思い出すのはつらいと、泣きべそをかいておりました」

由莉は包丁を動かす手を止め、気恥ずかしそうな顔で人参をじっと見た。

「短冊といえば、和歌や俳句を書く料紙――短冊切りにされた人参や大根にまで、百人一首が書かれているような心地になって、うんざりしたのでございますわ」

由莉は恨みがましい目を登和子に向けた。

「母上はとても厳しくて――身じろぎひとつしただけで、素読を途中でやめさせ、怖い目で『部屋へお戻りなさい』と、わたくしを叱りました」

「けれど、厳しい指導のおかげで、あっという間に百首を覚えられたのでしょう？」

由莉は閉口して、再び包丁を動かし始めた。

はなは手の中の大根を見つめる。

「登和子さま、この大根は、人参と一緒に汁物にするのですよね？」

「ええ、そのつもりですが――」

「短冊切りにしてもよろしいですか？」

顔を見れば、登和子は虚を衝《つ》かれたように目を瞬《またた》かせていた。

由莉は信じがたいものを見るような目で、はなを凝視する。

「百人一首を思い出すような物を膳《ぜん》の上に載せて、嫌にならないのですか？　夕餉の時くらい、何も考えずに、くつろいでいらっしゃればいいのに――」

「いいえ」

はなは口角を引き上げて由莉を見た。

「わたくしには、時がございませんので。少しでも、百人一首のことを考えていなければと思います」

「ご立派ですよ」

登和子が満足げな笑みを浮かべた。

「百人一首の次は『女大学』なども学ばねばなりませぬ。薙刀《なぎなた》の稽古《けいこ》も続けねばなりませんし、まだまだ覚えることは山積みなのですからね」

「はい」

はなは大根を短冊切りにしていった。由莉が短冊切りにした人参と一緒に煮て、醤油《しょうゆ》の澄まし汁にする。

鰺《あじ》の干物も焼いた。七輪の上から漂う香ばしいにおいに、きゅうっと腹が鳴りそうになる。

由莉が鼻をひくひくと動かした。

「あぁ、いいにおい。父上と兄上がお帰りになったら、すぐに食べたいわ」

「これ、はしたない」

だが叱りつける登和子の目は優しく細められている。

はなは帯の上から腹を押さえて微笑んだ。

こうして三人一緒に台所へ入り、話しながら料理を作っていると、家族の一員として認められたという感が強く込み上げてくる。

やがて左内と左之助が御薬園から帰宅し、みなで膳を囲んだ。

白飯、大根と人参を短冊切りにした澄まし汁、厚揚げの煮物、鰺の干物――。

汁椀《しるわん》の中の具を見つめて、はなは良太を想った。

百人一首の次も、覚えねばならぬことは山積み――けれど、すべて乗り越えて、良太のもとまで辿《たど》り着いてみせる。

――瀬を早み　岩にせかるる　滝川の　われても末に　逢《あ》はむとぞ思ふ――。

心の中で百人一首をそらんじながら、はなは短冊切りにした大根と人参を嚙《か》みしめた。

翌日、庭の掃除が終わる頃に、小者の茂吉が伊澤家へ戻ってきた。

「おかげさまで、ゆっくり孫と遊べましたわい」

人好きのする笑みを浮かべた老爺《ろうや》が掃き集めた落ち葉の前に立って、ひょこりと頭を下げる。

回り廊下を歩いてきた登和子が、茂吉の姿を見て足を止めた。

「戻ってきて早々ですが、薪《まき》割りが終わったら、実家まで供をしておくれ」

「はい、かしこまりました」

低頭する茂吉にうなずいて、登和子は、はなに向き直った。

「はなさま、お裁縫は習っていましたか？」

「いえ——着物のほころびを縫うくらいのことは、子供の頃からしておりましたが、すべて我流で——」

「足袋《たび》を縫ったご経験は？」

「ございません」

登和子は思案顔で庭の木々を見回した。

「では、まず雑巾《ぞうきん》を縫ってみてください。縫い目を見て、大丈夫なようでしたら、足袋の縫い方を教えます。いずれは着物も仕立てられるように」

「はい」

大身旗本の奥方はともかく、下級武士の妻は裁縫もできねばならぬのか——夫の足袋や着物を縫ったりするのだろうか——。

落ち葉を片づけて自室へ戻ると、登和子が風呂敷《ふろしき》包みを持ってきた。中には、古びた手《て》拭《ぬぐ》いがたくさん入っている。

「わたくしが出かけている間に、できるだけ縫っておいてください」

「はい」

「はなさまは、わたくしの遠縁という筋書きになっておりますので、挨拶《あいさつ》かたがた父上のご機嫌伺いをしてまいります」

「わたくしは、ご挨拶に伺わなくてよろしいのでしょうか？」

「それは正式に話が決まってからにいたしましょう」

「はい――」

「今日は由莉も連れていきます。由莉の顔を見ると、父上の機嫌がよくなるのですよ。昼過ぎまで、はなさま一人になってしまいますが――」

「大丈夫でございます。子供ではございませんので」

登和子は微苦笑を浮かべてうなずいた。

「昼餉《ひるげ》は、台所にある香の物と茶漬けで済ませておいてください」

「かしこまりました」

やがて登和子は、由莉と茂吉を連れて出かけていった。

はなは思わず、ほっと息をつく。一人の気楽さが、じわりと込み上げてきた。

しんと静まり返った屋敷の中で、はなは手拭いを半分に切って折り、針を刺した。縫い目がそろうように、小さく針を動かしていく。

穏やかに時が流れた。

久しぶりに心が凪《な》いだ気がする。伊澤家に入ってから、この数日、やはり相当気を張っていたのだろう。一人で過ごせる時を、ありがたいと感じる。

庭で鳥が鳴いた。

脹《ふく》ら雀だろうかと、ふと思う。

良太と食べた蛍飯を思い出せば、腹の虫がぎゅるぎゅると小声でしゃべり出す。しばらくの間ずっと手を動かし続けていたが、まだ昼には早いだろうか。

障子を開けて空を仰げば、日は高く昇っている。

そろそろ昼餉時だろうか。多少早くとも、今日は一人だから、自分の都合のよい時に食べてしまっても問題はないのだ。

「どなたか――」

庭の向こうから弱々しい声が上がった。女の声だ。

「――ください――伊澤さま――」

はなは耳を澄ましながら、回り廊下へ出た。

女の声は「伊澤さま」と、確かにそう言った。

「どなたですか？」

庭へ下りて、辺りを確かめるが、誰もいない。

はなは眉《まゆ》をひそめた。

空耳などではなかったはずだが――。

女のうめき声が遠くでした。

「誰!?」

はなは声がしたほうへ向かう。薙刀の稽古場がある方角だ。

ぐるりと四方に目を凝らすが、人の姿はなかった。異変も見当たらない。

「うぅ――」

苦しげな声が聞こえた。生垣の向こうだ。

はなは生垣に駆け寄って、隣の敷地を覗《のぞ》いた。

菜園の中に女が倒れている。

「大丈夫ですかっ!?」

はなは門へ回って、隣の敷地へ飛び込んだ。見当をつけて、屋敷の脇の小道を奥へ進み、菜園に出る。倒れている女のもとまで急いで駆けつけた。

「しっかりしてください！」

抱き起こせば、女は青白い顔をはなに向けて、わずかに表情をゆるめた。

「お助けを……」

はなは大きくうなずいた。

「お屋敷の中で休みましょう。立てますか？　あたしに寄りかかってください」

つい「あたし」と言ってしまったが、そんな些細《ささい》なことを気にしてはいられない。

はなは歯を食い縛って力を振りしぼり、女を屋敷の中へ連れていった。つかんだ手が冷たい。いったい、いつから冬空の下に倒れていたのか。すっかり体が冷え切ってしまっている。

女がふらつきながらも指示した部屋へ辿《たど》り着くと、はなは押し入れから布団を出して敷いた。女を寝かせ、夜着をかけてやる。

「わたくしは木村富之進《きむらとみのしん》の妻、美雪《みゆき》と申します」

感謝と警戒が入り混じったような眼差《まなざ》しで、女は夜着の中から、はなを見つめた。

年の頃は、はなと同じくらいか。三十は越えていないように見える。

「わたくしは、はなと申します。四日ほど前から、伊澤家で厄介になっておりまして――」

美雪は訳知り顔で、小さく「あぁ」と声を上げた。

「登和子さまの遠縁の方が、しばらくの間、伊澤家に滞在なさると伺いましたが、あなたが――」

「はい。よろしくお願いいたします」

美雪の表情から警戒が薄れていく。

「菜園の大根を抜こうといたしましたら、急に目まいに襲われたのでございますが、はなさまが気づいてくださったおかげで、大事に至らずに済みました」

恥じ入るように目を伏せる美雪の顔を覗き込んで、はなは微笑んだ。

「先ほどより、お顔の色がよくなってきましたね。ですが念のため、お医者さまを呼んだほうがいいかもしれません」

はなは遠慮がちに廊下へ顔を向けた。

「どなたもいらっしゃらないのでございますか？」

「今は、みな留守にしております。夫は採薬の旅に出ておりまして」

はなの胸の中を、ひやりとした何かが駆け抜けた。

もしや隠密《おんみつ》御用の旅か――。

夢見るような眼差しで、美雪は儚《はかな》い笑みを浮かべる。

「何事もなければ、本日帰ってくるはずなのです。それで小者に魚を買いにいかせました。舅《しゅうと》も姑《しゅうとめ》も、すでに鬼籍に入っておりますれば」

屋敷の中には、今、美雪一人なのだという。

「目まいは頻繁に起こるのですか？」

美雪は、はにかんだような笑みを浮かべた。

「懐妊してから、たまに――」

「まあ！」

はなは目を見開いた。

「おめでとうございます。それでは、ご病気というわけではないのですね」

けれど油断はできない。腹の中に小さな命が宿っているのだ。万が一の事態が起こっては取り返しがつかない。

「やはり折を見て、お医者さまに診てもらったほうがよろしいかもしれませんよ。目まいが続いて、お腹のお子に障っては大変です」

美雪は心細げな顔になって、うなずいた。その頼りなげな姿に、はなの心配は増す。

「小者が戻るまで、わたくしがおそばにおりましょうか？」

美雪は首を横に振った。

「お心遣い、ありがとうございます。ですが、おとなしく寝ておりますので、ご心配にはおよびませぬ」

自分がいれば、ゆっくり休めないかもしれないと思い直して、はなはうなずいた。

「では、わたくしは、これで――」

立ち上がってから、ふと思いつき、美雪を振り返る。

「枕元に、お水をお持ちいたしましょうか」

喉《のど》の渇きを確かめるように首に手を当てて、美雪は身を起こした。

が、顔をしかめて、布団の上に手をつく。まだ、ふらついているようだ。

「ご無理をなさってはいけません」

はなはそっと美雪の肩を押さえて、再び寝かせた。

「では、申し訳ございませぬが、台所から水を持ってきてはいただけませぬか」

「立ち入ってもよろしいのですか？　隣から持ってくることもできますが――」

ゆるりと首を横に振って、美雪は微笑んだ。

「わたくしの湯呑茶碗《ゆのみぢゃわん》が棚の上に置いてありますゆえ、当家の台所からお願いいたします」

「かしこまりました」

美雪に教えられた通りに廊下を進み、はなは木村家の台所へ入った。

こざっぱりした台所の隅の棚に、美雪の言っていた湯呑茶碗が置かれていた。楚々《そそ》とした花模様が描かれた、美しい湯呑茶碗である。

隣に置かれた松の木の模様の湯呑茶碗は、夫の物であろう。ふたつ並んだ湯呑茶碗が、離れていても寄り添い合う夫婦の心を表しているように見えた。

はなは花模様の湯呑茶碗を丁寧に取ると、水瓶《みずがめ》から水を汲《く》んだ。目についた小さな盆の上に載せて、美雪のもとまで戻る。

「お待たせいたしました」

美雪がゆっくり起き上がる。

「本当に、ご面倒をおかけいたしました」

「とんでもございません。お役に立てたのであれば、何よりでございました」

美雪が布団の上で居住まいを正す。はなは畳の上に盆を置いて、美雪に向かい合った。

「お大事になさってください」

「ありがとうございます」

美雪は腹に手を当てながら、深々と頭を下げる。

無事によい子が生まれますようにと祈りながら、はなは木村家を辞した。

伊澤家に戻り、香の物と茶漬けで遅くなってしまった昼食《ちゅうじき》を済ませると、はなは再び自室で雑巾《ぞうきん》を縫い始めた。

まだ三枚しか仕上がっていない。何だかんだと、思っていたよりも長く隣家に居たようだ。

四枚目の雑巾に針を刺しながら、はなは大きく息をついた。

美雪は本当に大丈夫だろうか。落ち着いて休めていればよいが、また苦しんだりはしていないだろうか。小者はもう戻ってきただろうか。

あれやこれやと、つい考えてしまう。

もし、ここが喜楽屋であれば、滋養の高い卵を使った粥《かゆ》など作って、美雪に出すことができたのに――。

食欲がない時には、溶き卵の澄まし汁なども食べやすいだろう。あっさりとした豆腐料理もいいかもしれない。

おせいと二人で調理場に入っていた時のことが懐かしく思い出される。

料理には、料理人の気が注がれる。だから調理場に入る時は、いつも心を晴らしておけ——。

真心を込めて料理を作り、笑顔で客のもとへ運ぶ。喜楽屋で過ごす毎日は楽しく、とても充実していた。

今は好きなように台所で料理のできない状況が、もどかしい。

だが、はなが伊澤家ですべきことは料理ではない。武家の女としての生き方を学ばねばならぬのだ。

はなは針を動かした。

しかし美雪と喜楽屋が頭にちらついて、気もそぞろになってしまう。縫い目をまっすぐにそろえようと心がけるが、丁寧に針を動かそうとしているうちに、つい手が止まりそうになってしまう——。

物音がした。登和子たちが帰ってきたようだ。

はなは針刺しに針を戻して、雑巾を置いた。

出迎えようと自室を出れば、ちょうど登和子がこちらへ向かってきたところだった。

「はなさま、雑巾は何枚ほど縫えましたか？」

顔を見るなり聞かれて、はなは口ごもる。

「あの……まだ、そんなには……」

登和子は怪《け》訝《げん》顔で首をひねった。

「のんびり縫ったとて、一枚仕上げるのに四半時（約三〇分）もかからないでしょう。もう七、八枚は縫えているはずですよ」

はなは口を引き結んだ。

昼食を終えたあと、四枚目に取りかかったが、まだ縫い終わっていない。

登和子が眉《まゆ》をひそめて、ずいっと前へ出た。はなの部屋に足を踏み入れて、縫い物を確かめる。

仕上がっている三枚の雑巾を手にして、登和子は肩を怒らせた。

「たったこれだけですか？」

「はい――」

登和子は雑巾を広げて、縫い目を凝視した。

「気を散らしていたようですね」

ぴしゃりと平手で頬を打つような声が飛んだ。

「あなたには時がないと、自覚したのではなかったのですか!?」

怒りのこもった目で睨《にら》まれて、はなは口をつぐんだ。

美雪を助けたのだと事情を説明したくなるが、気を散らしていたのは確かだ。あれこれ語れば、言い訳になってしまう気がした。

美雪のもとへ駆けつけたことに悔いはない。もし、はなが気づかず、美雪が冬空の下に倒れたままであれば、腹に宿った命が危うかったかもしれないのだ。屋敷の中まで連れていき、枕元まで水を汲んでいった行為が不要であったと責められても、甘んじて非難を受け入れるしかない。

もし時を巻き戻せたとしても、同じ事態に遭遇したならば、やはり放っておけないだろう。放っておけば、喜楽屋で出会った江戸っ子たちに顔向けができなくなってしまう。

問題は、隣家から帰ったあと、縫い物に身を入れられなかったことだ。一心不乱に縫い続けていれば、もっと多く雑巾を仕上げられただろう。

「残念ですね」

失望に満ちた登和子の眼差《まなざ》しが、はなに突き刺さる。

「あなたは時を無駄にしました。雑巾を三枚しか仕上げられなかった事実が何よりの証《あかし》です」

　はなは唇を嚙《か》んだ。

　ぎらりと光る薙刀《なぎなた》のような眼光に、どこまでいっても甘い自分を斬られたような心地がした。

「あなたを養女にするという話は考え直さねばなりません」

　威厳に満ちた怒り声に、はなは息を吞《の》んだ。

「そんな――」

　二の句が継げない。

　登和子が部屋を出ていく。

　追いすがり、美雪を助けた経緯《いきさつ》をやはり説明すべきかと思ったが、はなは身動きできぬまま、その場に立ちつくした。

　良太のもとに嫁げぬかもしれないという恐れが、まるで水たまりに広がる波紋のように、はなの心を縛り上げていく。

　はなは唇をわななかせた。

　どんな時でも笑っていろ――。

　両親の遺言を念仏のように心の中で唱えるが、無理やり口角を引き上げても、どうしても笑えない。ただ顔をゆがめるだけになってしまう。

伊澤家の養女になれなければ、何のために自分はここへ来たのだという思いが、はなの胸の中で荒れ狂う。

今、自分が何をすべきか、わからなくなった。

良太がここにいたら、疑問も不安も全部ぶつけられたのに――。

はなは座り込んだ。

甘えは許されない――自分で何とか現状を打開しなくては――。

だが、そう思えば思うほど、良太に甘えたくなった。

どうしたらよいのかわからない。

はなはのろのろと動いて、部屋の隅に置いてあった荷物から、良太が作った竹灯《たけどう》籠《ろう》を取り出した。良太にすがる思いで、ぎゅっと抱きしめる。竹の冷たい硬さに、泣きたくなった。

良太の温《ぬく》もりが恋しい。

簪《かんざし》を髪から抜いて見つめれば、良太が選んでくれた花の模様よりも、脚の尖《とが》りが目についた。

簪を突き出す登和子の姿が目に浮かぶ。

――このようにして、敵の目を突くのです――。

はなの目に涙がにじんだ。

簪を贈られて胸をときめかせた夜が、遠い昔のように思えてきた。

あの日に戻りたい――けれど戻ってしまえば、良太との暮らしが遠くなる。

歯を食い縛って、前へ進むしかないのだ。

今は一人でも、近い将来には必ず、また二人になれる――。

「瀬を早み、岩にせかるる、滝川の、われても末に、逢《あ》はむとぞ思ふ」

どんな試練が二人の間を隔てても、岩にせき止められていた川の流れがまたひとつになるように、今は別れて暮らす良太とも、きっとまた一緒に暮らしてみせる――。

あきらめてはならぬと自分に言い聞かせながら、はなは大きなため息をついた。

竹灯籠を抱きながら部屋の障子を開けて、空を仰ぐ。

まだ青く、明るい。

だが、はなの目は、自分でも気づかぬうちに、北のひとつ星を探していた。

喜楽屋での最後の夜に、みなで空を見上げた光景を思い返す。

根岸のご隠居の指差す先に、その星はきらりと瞬いていた。

――あの星は、いつも北にある。どこへ行っても、真っ暗な夜闇で道に迷った時は、空を見上げてごらん。わしらも、同じ星を見つめているよ――。

はなの目から涙があふれた。

今は星が見えない――。

冬空は青く澄み渡り、綿雪のような白い雲を浮かべている。

日が沈み、一番星が瞬く頃までは、まだ時がかかるだろう。

それでも、はなは北のひとつ星を探し続けた。

真昼に白い月が見えるように、青空に瞬く星が見えないものだろうか――。

もしも奇跡があるのなら、今、目の前に北のひとつ星を出現させてほしいと、はなは思った。

どこから見ても北にある星を、今宵《こよい》、良太も目にするだろうか。同じ時に同じ星を見つめていると思えば、きっと心も繋《つな》がっていると思える。

はなは空から目を離せぬまま、障子の前に立ちつくしていた。

伊澤家の養女になれなかったら、どうしよう――大きな不安と恐れが、ぐるぐると胸の中を駆け巡る。なす術《すべ》もなく、はなは立ちつくしていた。

時が過ぎ、雲は流れ、やがて西の空から茜《あかね》が差す。

はなは、ぶるりと身を震わせた。すっかり体が冷えてしまっている。はなは竹灯籠を肘《ひじ》で押さえながら、両手に息を吹きかけた。吐く息が白い。

夕餉の支度が始まったのだろう、鰹出汁《かつおだし》のにおいが漂ってきた。

鰹出汁のにおいを追いかけるように漂ってきた醬油《しょうゆ》の香りが、はなの胸をしめつける。

登和子と由莉と三人で台所に入り、短冊汁を作って食べたのは、つい昨日のことなのに——まさか今日、こんな事態に陥るだなんて——。

今日も夕餉の支度を手伝うようにと、声がかかることはない。自分から台所へ入っていく勇気も出ない。

はなは目を閉じた。

まぶたの裏に浮かぶのは、短冊切りにした大根と人参《にんじん》だ。

今の気持ちを歌にして記せば、悲しい言葉が並んでしまうのだろうか。

はなの口の中に、短冊汁の味がよみがえった。

いや、あきらめてはならぬ。登和子の信用を取り戻し、必ず伊澤家の養女となって、結城家へ嫁ぐのだ——。

はなは目を開けて、空を見渡した。

ものすごい速さで暮れていく冬の空に月が小さく顔を出し、一番星が明るく輝き始める。

希望を持てと、励まされているような気がした。

第三話　はなの味

　まんじりともせずに夜が明けた。

布団の上に横になってはいたものの、ただ竹灯籠を抱きしめて悶々《もんもん》と、いたずらに時をやり過ごしていただけだ。

　良太に会いたいという想いが、たまらなく募る。良太に会って、こんな時どうしたらいいのか聞きたい。そして笑って「大丈夫だ」と言って欲しい――。

　はなを伊澤家の養女にする件は考え直すと言われたが、登和子は本気なのだろうか。昨夜のうちに、もう、その旨を左内に伝えたのだろうか。

　何もかもが手遅れなのかという不安にさいなまれる。

　だが、荷物をまとめて出ていけとは、まだ言われていない。

　昨夜は気まずいまま夕餉の席に着いたが、登和子は目も合わせずに無言を貫いていた。幸か不幸か、押し黙ったまま食べ進めても、伊澤家のいつもの食事とおそらく変わりはなかった。

はなは起き上がる。冬の朝の冷え込みが覆いかぶさるように、はなの体に絡みついてきた。いつもであれば気合いで振り払えるはずの寒さが身にこたえる。

竹灯籠を部屋の隅に置いて布団を片づけ、のろのろと身支度を整えた。たすきと前掛を身に着けて、庭へ出る。

最後の最後まであがいて、自分にできることを精一杯やるのだ――。

いつもより動きの悪い体を叱咤《しった》して、箒《ほうき》を手にした。

菜園、裏庭、稽古場《けいこば》と、屋敷の周りを掃き清めながら、異変がないか確かめていく。懸命に気を集め、目に力を入れて、辺りを隅々まで凝視した。

生えている木々や落ち葉にも、不審な点は見当たらなかった。動物の足跡もない。

台所のほうから味噌《みそ》や醤油のにおいが漂ってきた。はなは箒を手に、庭に立ちつくす。伊澤家の一員として、ともに膳《ぜん》を囲むことは、もう許されなくなるのかという恐れが強く込み上げてきた。

はなは口角を引き上げて、空を仰ぐ。

しっかりしろ。

今はまだ会えずとも、この同じ駒場の空の下に良太はいるのだ――そう思うことで、自分を奮い立たせようと努めた。

それに、空は神田とも繋がっているのだ。北のひとつ星が見えない時でも、喜楽屋のみんなの顔を思い浮かべれば、じわりと勇気が湧いてくるじゃないかと、自分を鼓舞した。

おせいの体調は戻っただろうかと、また別の不安も胸に湧いてくるが、それは考えないようにする。

大丈夫だ。おせいには、根岸のご隠居たちがついている。

はなは今、伊澤家の養女になることだけを考えねばならぬのだと、自分に言い聞かせた。逃げることはできない。歯を食い縛り、駒場で踏ん張るしかないのだ。

「はなさま、朝餉《あさげ》の用意ができました」

振り向けば、困ったような微笑を浮かべる由莉が立っていた。はなの味方になってよいものか判断できずに、悩んでいるような表情をしている。

「今すぐ参ります」

返事をすれば、すぐに踵《きびす》を返された。無視をされているわけではないのだが、ひどく寂しくなる。本当の姉妹のように仲睦《なかむつ》まじくなれたらよいと願っていたのに――。

囲炉裏の間へ入ると、すでに膳が整っていた。みな、きっちりとした姿勢で着席している。

はなが板間に腰を下ろせば、待ちかねていたように左内が箸《はし》を持った。みな無言で食べ進める。

白飯、小松菜の味噌汁、香の物、牛蒡《ごぼう》の煮しめ――。

はなは目を伏せながら静かに箸を動かした。

牛蒡の煮しめを噛《か》みしめれば、濃いめに味つけされた醤油が切なく舌に染みる。

救いを求めるように味噌汁を飲んで、癖のない小松菜の甘みと味噌の甘みで舌を慰めた。

「この煮しめは、由莉が作ったであろう」

左之助の声に顔を上げれば、困ったやつだと言いたげに顔をしかめて、由莉を軽く睨《にら》んでいた。

「ちと、しょっぱい。もっと精進せねば、嫁のもらい手がなくなるぞ」

由莉は、むっと唇を尖《とが》らせた。

「煮しめの味つけについては、申し訳ございませんでした。ですが、あまり細かいことをうるさく言う男は嫌われますよ」

左之助は眉《まゆ》を跳ね上げる。

「食事は体を作るのだぞ。大事なことではないか」

左内が咳払《せきばら》いをした。左之助は即座に口をつぐむ。由莉もおとなしく居住まいを正した。

左内が横目で左之助を睨む。

「武士たるものは、いつでも戦場に出る覚悟を持っておらねばならぬ。お勤めを果たすため、木の根でも何でも食えるよう平素から努め、喜怒の色を表に出さぬよう心がけねばならぬのだぞ」

左内は牛蒡の煮しめを平らげて、空になった器を膳の上に置いた。その器を覗《のぞ》き込んだ左之助が、かしこまって低頭する。

「申し訳ございません。修行が足りませんでした。不屈の精神を養えるよう、日々励みます」

左内が重々しくうなずいた。由莉はちらりと左内を見やる。

「父上、わたくしが作ったのは、木の根の煮しめではございませんのよ」

左内は黙ったまま、またうなずいた。

はなは口角を引き上げる。

左之助は気を遣って、食事の場を明るくしようとしてくれたのだろうか。やはり、はなと登和子の間に漂う気配から、いつもの食事時の沈黙とは違うと感じていたのだろうか。

気を遣わせて申し訳ないという思いと、ありがたさが、胸の中で綯《な》い交ぜになった。

登和子は硬い表情で無言を貫いている。

はなは懸命に平気な表情を作って、膳の上の物を食べ進めた。食べることは大好きなはずなのに、今は物を飲み込むのがつらい。

はなを養女にする件は取りやめる――いつ、その話が出るものかと、内心びくびくしていたが、けっきょく何の話も出ないまま食事は終わった。

膳を片づけたあと、はなは自室に戻って雑巾《ぞうきん》を縫った。

今の自分にできることが他に思いつかない。ならば縫うしかないと思った。登和子に見てもらえるかどうかわからないが、いつまた見てもらえる機会が訪れてもいいように、雑巾を仕上げておくのだ。

ひと針、ひと針、ただ丁寧に刺していくことだけを考えろと自分に言い聞かせた。

ふと、喜楽屋の元店主、銀次《ぎんじ》の遺言が頭の中によみがえる。

――料理には、料理人の気が注がれる。だから調理場に入る時は、いつも心を晴らしておけ――。

これは料理以外の何事にも通じる言葉なのだろうと、はなはつくづく思った。

だから目の前の針と糸と布に気を集めて、真心を込めるのだ。

たかが雑巾と侮ることなかれ。家の中を拭《ふ》き清める雑巾に、よい気が宿っていれば、拭いた場にも、よい気が巡っていくのではないだろうか――。

喜楽屋の調理場に入っていた時の気持ちを思い返しながら、はなはひたすら雑巾を縫い続けた。

「ごめんくだされ」

六枚仕上げたところで、表から男の声がした。登和子が応対に出たようだ。

はなは縫い物に戻った。

気を散らさずに、どんどん縫い進めていきたい――と思いながら手を動かしていたら、閉じた襖《ふすま》の向こうから登和子に声をかけられた。

「はなさまに、お客さまがいらしています」

「わたくしに――でございますか？」

はなは針と布を置いて、襖を開けた。

「いったい、どなたでございましょう」

もしや良太ではあるまいかと胸が騒いだ。はなを訪ねてくる者など、他に思い浮かばない。

もし本当に良太だとしたら、いったい、どんな用事で来たのだ。もしや登和子が、はなを伊澤家から連れていくようにと、良太に文でも出していたのだろうか。

登和子は殊勝な顔つきで顎《あご》を引いた。

「木村富之進さまと、美雪さまです」

隣の夫婦か――。

「はなさまにお会いして、昨日のお礼を直接述べたいとおっしゃっています。さ、一緒に参りましょう」

登和子のあとに続いて、はなは囲炉裏の間へ向かった。

はなの姿を見るなり、美雪は手にしていた湯《ゆ》呑茶碗《のみぢゃわん》を置いて顔をほころばせた。体調はすっかり落ち着いたようだ。囲炉裏の火に当たっているせいか、今は顔色もよい。

美雪の隣に座っていた富之進が、はなに向かって深々と頭を下げる。

「昨日は、妻が大変お世話になりました」

顔を上げた富之進は、良太と同じ年頃だろうか。採薬で年中野山を歩き回るためか、やはり良太と同じように、浅黒い肌をしていた。

富之進は実直そうな目で、はなを見る。

「昨日のうちに駒場へ戻るはずが、少々遅くなりまして、帰宅したのは夜が明けてからでございました。先ほど御薬園へ参り、上役に帰還の挨拶《あいさつ》をして、今また家に戻ったところでございます」

「お疲れさまでございました」

はなは富之進に一礼してから、美雪へ目を向けた。

「旦那《だんな》さまがご無事でお帰りになって、よろしゅうございましたね」

美雪は嬉《うれ》しそうな笑みを浮かべる。

「いつ戻るか、はきとわからぬのが常でございます。いつ何時たりとも、いざという時の覚悟をしっかり持っておらねばとは思っておりましたが、やはり顔を見て安《あん》堵《ど》いたしました」

話しながら、美雪はそっと帯に手を当てる。まるで腹の中の子に同意を求めているような仕草だった。

「昨日は、小者が戻りましてから、お医者さまを呼びにやりました。診ていただいたところ、わたくしも、腹の中の子も、大事ないとのお見立てで――」

美雪の目が潤む。

「はなさまに救っていただいたおかげです。真《まこと》にありがとうございました」

美雪が丁寧に頭を下げた。その隣で、富之進も再び深く頭を下げる。

「おやめください。隣人として、当然の行いをしたまでにございます。頭を下げていただく必要はございません」

はなの言葉に、夫婦はそろって顔を上げた。美雪の目からは涙が溢《あふ》れている。

美雪は懐から手《て》拭《ぬぐ》いを取り出して目元に押し当てた。

「木村家に嫁いでから十年――わたくしたちは、なかなか子宝に恵まれることができませんでした」

気を落ち着けるように茶を飲んで、美雪は大きく息をついた。

「家を次代へ繋《つな》いでゆくのは、女の仕事――跡継ぎを産めぬ嫁など役立たずゆえ、いつ里へ帰されても仕方がない――いや、自ら木村家を出るべきではないかと、子ができるまでは散々悩んでおりました」

富之進が気遣わしげな目を妻に向ける。

「どうしても子ができなければ、それがしは養子を取ればよいと考えておりましたが、それがしの両親が決して許さず――同輩の三男を養子に迎えようとした時には『木村家の血を絶やすつもりか』と激怒されました」

富之進は気まずそうに、ちらりと登和子の顔を見た。

「六年前のあの日、それがしが採薬の旅に出ている間に、両親が美雪を追い出したと教えていただかねば、こうして今日ここに、美雪と二人で並んでいられなかったやもしれませぬ」

登和子は澄まし顔で茶をひと口飲んだ。

「他家の事情に口を挟むつもりなど毛頭ございませんでしたけれど……見て見ぬふりをしようと思っても、すぐ隣で起こりました騒動ゆえ、どうしても目や耳に事情が入ってきてしまいました」

富之進は恥じ入るように目を伏せる。登和子は眉《まゆ》をひそめて続けた。

「亡くなった方を悪く言いたくはございませぬが、嫁入り道具を庭に放り投げて美雪さまを裏口へ引きずっていくとは、正気の沙汰《さた》とは思えませんでした。子を産めぬ嫁が厭《いと》わしくなったからといって、あまりにもご無体な。美雪さまのご実家に対しても、無礼でございました」

登和子は「それに」と眉を吊《つ》り上げる。

「嫁入り道具は、嫁ぎ先の舅姑《きゅうこ》とて、好きに扱ってよい物ではございませぬ。離縁となれば、嫁がすべて里へ持って帰るのでございますからね」

富之進はうなだれて「おっしゃる通りでございます」と小声を発した。

「左内どのが陰で間に入ってくださらねば、木村家の恥を御薬園中に晒《さら》すところでした」

溜飲《りゅういん》を下げたように、登和子が口角を引き上げる。

「なれど、まだ誰のもとへも正式な養子のお話を持ってゆかぬうちに美雪さまのお腹に宿るとは、たいそう立派なお子です」

富之進は一瞬で破顔した。

「ありがとうございます。両親亡きあと、すぐに養子を取ろうとも思ったのですが――同輩の中には、数多くの子を持つ者が何人かおりまして、誰の子をもらうのが一番よいか考えあぐねているうちに、いつの間にか長い時が過ぎておりました」

美雪が帯の上から腹を撫《な》でる。

「初めのうちは、幼子を養子にいただき、我が子として育てるのがよいかと思っておりましたが――同じ駒場に住まうとて、あまりにも幼いうちに親元から引き離すのは可哀想だと思うようになったのでございます。跡継ぎになれぬ二男や三男が、いずれ婿養子先を探すようになってから、当家との縁組みを考えてもらってもよいのではないかと考えるようになりました。そうこうしているうちに、この子が宿ってくれたのでございます」

　ぽんぽんと優しくあやすように、美雪は帯の上から腹をそっと指先で叩《たた》いた。まるで「聞いておりますか？」と語りかけているように。

「この子が男であれば、木村家の嫡男となります。女であっても、将来は婿を取ることができます。心より安堵いたしました」

　けれど御家安泰より何よりも、おまえが無事に生まれてきてくれれば、それが一番嬉しいのですよと語りかけているような表情で、美雪は優しく指先で腹をとんとんと叩き続けた。まるで赤子を寝かしつける際に、背中や尻《しり》を軽く叩くように。

　登和子は感慨深げに目を細めて、美雪を見つめた。

「本当に、よろしゅうございました。ある夜、突然『やった！　我が家にも子ができたぞ！』という富之進さまの快哉《かいさい》の声が聞こえてきた時には、本当に驚きましたが――」

　富之進は照れくさそうに後ろ頭をかく。

「その節は、お騒がせいたしました」

登和子は笑いながら首を横に振る。

「我が家にも喜びが伝わってきて、みな笑顔になりましたよ」

今もなお続いている興奮を落ち着かせるように、富之進は大きく息を吐いた。目《め》尻《じり》を下げて美雪の腹を見てから、はなに向き直る。

「はなどのが助けてくれねば、美雪も腹の子も今頃どうなっていたか——はなどのは、木村家の恩人でござる」

富之進の強い眼差《まなざ》しに、はなは戸惑った。

「恩人だなんて、そんな。わたくしは、ただ目の前で倒れている人を放っておけなかっただけでございます」

富之進は静かに微笑んだ。

「はなどのの心遣いが身に染みたと、美雪は申しておりました」

美雪がうなずく。

「一人で横になっている間に、枕元まで運んでいただいた水を飲みました。喉《のど》を伝った水が体の中を流れ、腹の子にまで届くのかと思えば、涙が出てきて——どうか無事でいておくれと腹の中の子に語りかけながら、はなさまに駆けつけていただいた幸運を噛《か》みしめておりました。あのまま外に倒れていたらと思えば、今でも震えが走ります」

美雪は囲炉裏に目を移した。

ぱちぱちと音を立てて薪《まき》が燃えている。ちろちろと忙《せわ》しなく揺れる炎は、まるで両手両足を広げて躍っているようだ。鉤《かぎ》にかけられた鉄瓶からは、しゅーっと湯の沸く音が上がっている。

美雪は帯の上から腹を撫でさする。

「倒れたあと、あまり間を置かずに屋敷の中へ戻れたので大事なかったのだろうと、お医者さまもおっしゃっていました」

富之進が息をついて、茶を飲んだ。湯《ゆ》呑茶碗《のみぢゃわん》を置くと、居住まいを正して登和子に向かい合う。

「それがしは近日中に、再び採薬の旅へ出ることとなりましょう。近日中に新しい下女が参る手はずとなっておりますゆえ、昨日のようなご面倒をおかけすることはないかと思いますが——留守の間、どうか妻をお頼み申します」

これまで使っていた下女は老齢のため暇を出し、子育てを終えて間もない女を新しい下女として探していたのだという。

登和子は鷹揚《おうよう》にうなずいた。

「隣同士、互いに助け合いましょう」

富之進は一礼して、はなに向き直った。

「はなどののような方が隣にいらっしゃると思えば、とても心強い」

いえ、そんな、わたくしなど——と言いかけた言葉を、はなは飲み込んだ。

またすぐに離れ離れになるであろう妻を案じている富之進の姿に、良太が重なった。

——いつも見ていられるわけじゃない——。

かつて苦しげにそう言って拳《こぶし》を握り固めていた良太も、任務で遠国へ赴く際は、富之進のように、はなを案じてくれていたのだろうか。

富之進の隣では、美雪が穏やかな笑みを浮かべている。

強い人だと、はなは思った。

昨日倒れ、腹の中の子を案じて涙したという美雪だが、今はすっかり気持ちも落ち着いて、快く再び夫を送りだそうと努めているようだ。

もちろん、はなと登和子の前では無理もしているだろう。内心は、心細くてたまらないに違いない。

　けれど、お勤めのために笑って出迎え、笑って送りだすのが武士の妻の最大の役目だとしたら——自分は美雪のように平静を装いきれるだろうかと、はなは思った。どんな時でも笑っていろという両親の遺言を、これまで懸命に守ろうとしてきたが、無事に帰れるかわからぬ危険な任務へ赴く良太を、はなは笑って見送ることができるだろうか。

　行かないでと取りすがって泣く真似は絶対にしないと言いきる自信が持てない自分は、武士の妻失格だろうか——。

　ふと、弾正の言葉が頭によみがえった。

——結城家の女も、男とともに戦えねばならぬ——。

　はなは瞑目《めいもく》した。

　自分も、良太とともに戦わねばならぬのだ。

　すうっと息を吸い込み、背筋を伸ばす。

　はなは目を開けて、富之進を見た。

「わたくしにできることがございましたら、何なりと」

　美雪と目が合った。志を同じくする女として認めてくれているような目で、美雪がうなずいた。はなも、うなずき返す。

登和子に促され、はなは新しい茶を淹《い》れた。

囲炉裏では、ぱちぱちと薪が燃え続けている。

はなは鎌倉の家の囲炉裏を思い出した。

味噌《みそ》けんちん汁が無性に食べたくなった。


木村夫妻を見送ると、登和子は囲炉裏の前で居住まいを正した。

「わたくし、はなさまに詫《わ》びねばなりませぬ。はなさまが気もそぞろになって雑巾《ぞうきん》を縫い進められなかったものだと、思い違いをしておりました」

登和子は心底から悔いているような表情で目を伏せた。

「きちんと話を聞くべきでした。この通りです」

登和子が深々と頭を下げる。はなは慌てた。

「おやめください。お隣から戻ったあと、気が散ってしまったのは確かなのです」

登和子は顔を上げて首を横に振った。

「美雪さまのお体が心配だったのでしょう」

「はい。ですが、それだけではございません」

はなは正直に告げた。

「もし、ここが勝手知ったる喜楽屋であったならば、滋養の高い卵料理などを美雪さまに作ってさしあげることもできたのに――などと思いましたら、これまで暮らしていた神田への懐かしさが込み上げてきて――」

はなは唇を噛んだ。

「目の前の仕事に没頭できなくなってしまったのです」

登和子が、ふっと表情をゆるめた。

「喜楽屋という一膳飯屋《いちぜんめしや》には、よい思い出がたくさんあるのですね」

「はい」

はなは即答した。

「わたくしが、良太さん――いえ、良太さまと離れていた時を耐えられたのは、喜楽屋に集うみなさまのおかげでございました」

登和子はしみじみとした表情でうなずいた。

「人は大事です。人がいなければ、御家も成り立ちませぬ」

おもむろに登和子が立ち上がる。

「雑巾を仕上げて、わたくしのところへ持っていらっしゃい。不備がないようでしたら、次は足袋《たび》に取りかかりましょう。足袋の次は、着物――」

登和子は小首をかしげて微笑んだ。

「まずは良太さまの寝巻として、浴衣《ゆかた》でも縫ってさしあげたらいかがですか？」

はなは目を見開いて登和子を見つめた。

「あ――ありがとうございます！」

うなずくように、登和子はゆっくりとまばたきをした。

「今日の夕餉はすべて、はなさまにお任せいたします。喜楽屋で仕込まれていたようなので、料理の修業は不要かと思われますが、念のため」

「はい！」

一人で台所を切り盛りできるかどうか見られるのだという緊張よりも、喜びのほうが勝った。

はなは自室へ戻ると、脇目もふらずに雑巾を縫い始めた。

雑巾の試験は、あっさり及第した。鎌倉の村での、お下がりを繕いながらの暮らしが役立ったようだ。

次は足袋で、その次は良太の浴衣――。

はやる胸を抑えて、はなは菜園に向かった。

風は冷たいが、朝の冷え込みに比べれば何のその。明るい空の下で青々とした葉を広げる大根たちがとても美しく見えた。

大根を抜くのも、かなり久しぶりだ。屋敷の周りを掃き清める際には菜園も見回っていたが、自分の手で伊澤家の青物（野菜）を採るのは初めてだった。神田では、八百屋の八兵衛が運んでくる数多くの青物に触れてきたが、畑仕事はしていない。けれど鎌倉の村で散々こなしてきた仕事だ。まさか手こずることはあるまいと思いながら、はなは菜園の中に足を踏み入れた。よい土の感触が足裏に伝わってくる。鎌倉の村の大根畑が頭の中に広がった。

はなは大根の前に立つ。

腰を落として、まず広がっている大根の葉をひとまとめにした。葉元をしっかりつかんで軽く揺すり、腰に力を入れて踏ん張りながら、まっすぐ引き上げる。

懐かしい感触だ――。

長くて太い大根が、ずるりと土の中から出てきた。

「ほう！　こりゃ、すごい」

振り返れば、菜園の前で小者の茂吉が目を丸くしていた。

はなは抜いたばかりの大根を掲げた。

「ずいぶんと立派ですね」

茂吉は笑う。

「ありがとうございます。今年はどれも出来がよかったですが、今はなさまが抜いた大根が、これまでの中で一番太いんじゃないでしょうか」

「土作りは、あなたが？」

「はい。もとは百姓でございますので」

はなは大根についた土を指でつまんだ。

「土作りがよいから、こんなに立派に育ったのですね」

茂吉が嬉《うれ》しそうに頭を下げる。

はなは大根を抜いた時の感触を振り返った。

「深く柔らかく耕された土の中に、大根はまっすぐ潜っておりました。曲がりもせず、二股《ふたまた》にもなっておりませんのは、土の塊や石などもない、よく耕された土の中で育った証《あかし》です」

茂吉が感嘆の声を上げる。

「ずいぶんと、お詳しいですな。先ほど思わず『すごい』と声を上げましたのも、大根の大きさに驚いたからではなく、はなさまの手際のよさに驚いた次第でございました」

はなは口角を引き上げる。

「生まれ故郷の村で、わたくしも大根を育てておりましたのよ」

わたくしも百姓の出なのです——と思わず言いそうになったが、やめておいた。はなは登和子の遠縁という話になっているのだ。

良太がはなを迎えにいくための口実として、数日の間は村に帰されていた茂吉である。近いうちに、はなが伊澤家の養女となって他家へ嫁ぐ手はずになっていると知っているのかもしれないが、何をどこまで聞かされているのかわからぬうちは、不用意に語らぬほうが賢明だと判断した。

茂吉は訳知り顔でうなずく。

「採薬師の御家ですから、やはり何かしら植物に関わっていた方がお集まりになるのかもしれませんねえ」

どう返したらよいかわからぬうちに、茂吉はすっとぼけた顔で話を変えた。

「先ほど、ご新造さまから、はなさまがお縫いになった雑巾を何枚かいただきました。さすが、美しい縫い目でしたなぁ。由莉さまが初めてお縫いになった雑巾をくださった時は、縫い目が不ぞろいで……」

昔を懐かしむように、茂吉は目を細めた。

「まだ六つか七つの頃でしたから、無理もございません。初めてお縫いになった足袋をくださった時は、左と右の大きさが違っていました」

可愛くてたまらない自慢の孫について語るように、茂吉の表情は優しい。

「ですが、お父上でもなく、お兄上でもなく、お爺《じい》さまでもなく、この茂吉にいただけたことは大変嬉しゅうございました。由莉さまは『もっと上手にならねば、父上には差し上げられませぬ』とおっしゃっていましたが――きっと旦那《だんな》さまは内心がっかりなさっておいででしたよ」

得意げな笑みを浮かべる茂吉を、はなは微笑ましく眺めた。

「茂吉さん――」

奉公人は呼び捨てるのだったと思い出し、はなは慌てて言い直した。

「茂吉も、家族同様に、由莉さまのご成長をずっと見守ってきたのですね」

「家族同様とはおこがましいですが、左之助さまも由莉さまも、お小さい頃から存じ上げております。御薬園の人足をしておりました頃から時折こちらへ出入りして、旦那さまがお屋敷で育てていらっしゃる薬草を見せていただいておりましたので」

自宅の薬草畑に「たいした物は植えておらぬ」と左内は言っていたが、栽培上手な左内の畑から学ぶべきことは大いにあるのだという。

　茂吉は菜園を見渡した。

「裏の菜園は、ご新造さまと由莉さまが――表の薬草畑は、旦那さまと左之助さまが、それぞれ管理なさっています。わしは両方のお手伝いをさせていただいておりますが、このお屋敷の方々は本当に植物を育てるのがお上手でございます」

　茂吉の目が、はなの手にしていた大根に移る。

「本日の夕餉は、はなさまが腕を振るわれるのでございますか？」

　うなずけば、茂吉はにっこり満面の笑みを浮かべた。

「よろしゅうございましたな。台所を任されたのは、ご新造さまに信頼された証でございますよ」

　はなは小首をかしげた。すがる場所を探すように大根を握りしめる。

「信頼までは、まだ遠いかもしれません」

　茂吉は静かな眼差《まなざ》しで、はなを見た。

「昨日の件で叱られたことを、まだ気にしていらっしゃいますか？」

　思わずじっと見返せば、茂吉は苦笑しながら後ろ頭をかいた。

「立ち聞きをするつもりはございませんでしたが、はなさまがご新造さまに叱られている時、ちょうど裏庭におりまして――」

はなが使っている部屋は、裏庭に面している。

「野良猫が菜園に入ってきたので、追い払おうとしていたのでございます。菜園の土を気に入って、厠《かわや》代わりにされてはたまりませんので」

菜園から逃げる猫を敷地の外へ出そうとして、裏庭まで追いかけたのだという。はなの部屋の近くをちょうど通りかかった時に、登和子がはなを叱責《しっせき》する声を聞いたのだ。

「今朝になって、隣の小者からも、事情を聞いたのでございます。本来であれば、お仕えしている御家の話など外へ漏らしてはならぬものでございますが――『はなさまが、うちのご新造さまと、お腹の中のお子さまを救ってくださった』と、たいそう感激しておりまして――」

茂吉は屋敷のほうへ顔を向けた。

「ご新造さまも、先代の奥さまがご存命の間はひどくご苦労なさいましたから、はなさまが将来同じような目に遭わぬよう、お心を砕いておられるのでしょう」

はなは、まばたきをした。

「登和子さまが、ご苦労を……？　わたくしと違い、登和子さまはお武家の出ですよね？　必要なことは、幼い頃より身につけておられるのではありませんか？」

茂吉は小さく肩をすくめた。

「登和子さまのご実家と伊澤家では、家格が違うのでございますよ。亡くなった先代の奥さまは、事あるごとに『そなたのような女を左内の嫁と認めるわけにはゆかぬ』とおっしゃっていました」

はなは驚愕《きょうがく》に目を見開いた。茂吉は微苦笑を浮かべる。

「伊澤家のご先祖さまは、駒場御薬園初代園監であられた植村佐平次《うえむらさへいじ》さまに、紀州《きしゅう》より呼び寄せられたそうでございます」

植村佐平次は、八代将軍徳川吉宗《とくがわよしむね》が生まれ故郷の紀州にいた頃より仕えていた武士である。吉宗の将軍就任に伴い江戸入りして、公儀採薬師となった。御庭番としても活躍した人物である。

「ご新造さまの実家のご先祖さまは、同じく植村佐平次さまに呼び寄せられた身であっても、もとは下野《しもつけ》国の貧しい郷士――植村佐平次さまが下野国に植えられた朝鮮人参《にんじん》の栽培に関わったご縁で、この駒場へ呼び寄せられたそうでございますが――先代の奥さまは、ご新造さまの実家のご先祖さまを『田舎侍』と嘲《あざけ》っていらしたのです」

はなは眉《まゆ》をひそめた。

「伊澤家のご先祖さまは、八代将軍さま御生母の侍医も務められた奥医師、林良以《はやしりょうい》さまとご対面なさったこともあるそうで――『そなたの先祖も植村佐平次さまのお声がかりで駒場へ参ったからとて、伊澤家とは格が違う。決して思い上がるでないぞ』と、恐ろしい声色でご新造さまにおっしゃっていたのを、わしも耳にしたことがございます」

痛ましいものが目の前にあるように、茂吉は顔をゆがめた。

「掃除の仕方、洗濯の仕方、青物の採り方――先代の奥さまは、気に食わぬことがあれば、事あるごとに血筋の違いを持ち出して、ご新造さまを責めていらっしゃいました。嫁というよりは、まるで下女のような扱いをされることも多くございまして――」

信じがたい思いで、はなは頭《かぶり》を振った。

「左内さまは何もおっしゃらなかったのですか？　曲がったことを嫌うお方と聞いておりますが――」

幼い頃の良太を「卑怯《ひきょう》者」ときつく叱った左内が、自分の家の嫁いびりを放置するとは思えない。

「お武家では、奥向きの事情に男は口を出さぬものでございます。それに、旦那さまがいらっしゃる前では、先代の奥さまも何もおっしゃいませんでしたので、旦那さまも咎《とが》める機会をつかみかねていたのでございましょう」

呆《あき》れとも哀れみともつかぬ表情で、茂吉はため息をついた。

「ここだけの話にしていただきとうございますが、先代の奥さまがどんなに伊澤家の御家柄を自慢されようと、はなさまもご存じの通り、お大名のような暮らしぶりとは程遠いではございませんか。御薬園園監の植村さまのような、広いお役宅に住めるわけでもなし。こちらの組屋敷にお住まいのみなさまは、ご自分で菜園を作って、ご新造さま自らが青物の世話をしていらっしゃいます。体面を保つために小者は置いても、下女は置かぬという家だって珍しくはございません」

茂吉は気遣わしげに、はなを見た。

「家格が違うという理由で、こちらのご新造さまは、先代の奥さまからつらく当たられてきたのです。はなさまは、ご身分が違うと伺いました。ご新造さま以上に、きつく当たられてしまうことがあるかもしれません」

はなは良太の母、涼代《すずよ》の姿を思い浮かべた。

神明町《しんめいちょう》の料理屋で対面した時、ほんのわずかにではあったが、涼代は微笑んでくれた——しかし、涼代の姿が目に入った時の第一印象は、弾正と同様に「厳格そう」だった——微笑んだあとすぐに引きしめられた表情からは、感情がまったく読めなかった。

はなを嫁に迎えることを、涼代はどう思っているのだろう。

結城家当主である弾正が許せば、どんなに嫌でも従うしかないと思っているのだろうか——。

「はなさまがいずれ嫁がれる御家の方が、はなさまの出自をけなすとは限りません。闊達《かったつ》なお人柄のお姑さまであれば、ただの取り越し苦労で終わるかもしれません」

はなを励ますように、茂吉は明るい声を出した。

「しかし、世の中は聖人君子ばかりではございませんので。いつ、どこで、誰に、どう侮られるかわかりません。そのため、ご新造さまは、はなさまの壁となって厳しく立ちはだからねばと決意されたのではないでしょうか」

空に高い壁を描くように、茂吉は手を動かした。

土で荒れることに慣れた手だ。故郷の村の年寄りたちと、よく似ている。暑さや寒さ、日照りに長雨——天気と闘いながら畑の作物を守り、育ててきた苦労が、深いしわとなって浮き出ている手に見えた。

「高い壁を前にした時、人の弱さは浮き彫りになります」

茂吉は達観した仙人のような目で、はなを見た。

「はなさまは、武家のお育ちでない分、由莉さまよりも与えられた時が少ないのでございます。できるだけ早く、ご自分の弱さに向き合わせねばならぬと、ご新造さまは思われたのでございましょう。この先も、厳しいご指導をなさるかもしれませんが、決して、はなさまを蔑《ないがし》ろにしてのことではないのです。はなさまが最後までお逃げにならずに立ち向かうと、信じておられるはずでございます」

――どんな時でも、決して逃げてはならぬ――。

芝《しば》の海の波音と、弾正の声が、はなの耳の奥によみがえった。

――楽な道を選べば、いつか楽に溺《おぼ》れるようになる。だが険しい道を選べば、おのずと鍛えられ、どんな困難でも乗り越えられるようになる――。

冬の風が吹く中で、はなの胸は熱くなった。

採薬師が踏み入る険しい山のように、登和子は、はなが乗り越えるべき壁になろうとしてくれていたのか――。

「少々おしゃべりが過ぎました。ご勘弁ください」

はなは首を横に振り、じっと茂吉の目を見た。

「ありがとう、茂吉」

茂吉は澄んだ目を満足げに細めた。

「はなさまのお嫁入りを、この茂吉も心待ちにしております」

同じ百姓の出と思うからだろうか、大根が植えられている畑の中に立っているからだろうか、茂吉の後ろに、故郷の山ノ内村の風景が見えるような気がした。

菜園で採った大根を丁寧に洗い、一寸《いっすん》（約三センチメートル）を超える厚い輪切りにする。皮を厚めにむき、面取りをして、片面に十字の隠し包丁を入れた。

「米のとぎ汁で下茹《したゆ》でをしますが、ない場合は生米を入れて茹でれば大丈夫です」

江戸の町人たちは、たいてい朝に一日分の飯を炊くが、伊澤家も同様だ。

今回は、朝に飯を炊いた時のとぎ汁を取っておいていなかったので、たっぷりの水に大根を入れたあと、少量の生米を入れて茹でた。

「あせらずに、じっくり火を通します。四半時（約三〇分）以上は必要です」

「はい」

そばで見ている由莉が真剣な表情で返事をした。風呂《ふろ》吹き大根を作ったことがないというので、ついでに教えているのだ。由莉の隣では、登和子も興味津々の表情をしている。店仕込みの味がどんなものか気になるらしい。

由莉はまな板の上を見て、不思議そうに首をかしげた。

「大根の先のほうと、むいた皮が載っていますが——どうするのですか？」

「先のほうは、味噌《みそ》汁《しる》の具に。皮は人参《にんじん》と合わせて、『きんぴら牛蒡《ごぼう》』ならぬ『きんぴら大根』にいたします」

由莉は目を見開いた。

「皮も使うのですか⁉」

「はい。皮の内側の筋が輪切りの部分に入らないよう、皮は厚くむいてありますので、使えます。店では、大根の皮を使った料理はお客さまには出しておらず、賄で食べたりしておりました」

と言いながら、はなは柚子《ゆず》味噌《みそ》を作り始めた。

味噌に砂糖と酒を合わせて火を通し、煮詰めていく。焦がさぬよう、木べらでかき混ぜ続けた。しっかり火が通ってなめらかになった味噌に、すり下ろした柚子の皮と果汁を入れ、まんべんなく混ぜ合わせたら、火から下ろす。

味を見れば、喜楽屋の柚子味噌とは少々違う——使っている味噌が違うせいだ。

しかし、こればかりは仕方ないと割り切って、はなは口角を引き上げながら柚子味噌を器に移した。

頃合いを見て、はなは鍋《なべ》の中の大根に竹串《たけぐし》を刺した。すーっと難なく通る。大根の鍋もいったん火から下ろして、蓋《ふた》をした。

「このまま冷めるのを待ちます」

由莉は怪訝《けげん》顔になった。

「これで終わりではないですよね？」

「はい。いったん冷ました物を、また火にかけて、味をつけていきます。下茹でをして、あくを抜くと、綺麗《きれい》な味に仕上がるんですよ」

大根の輪切りが冷めるのを待ちながら、はなは大根の皮を細切りにしていった。大根の皮と細切りにした人参を合わせて胡麻油《ごまあぶら》で炒《いた》め、しんなりしてきたら、酒と醤油《しょうゆ》とみりんで味をつける。汁気がなくなるまで炒め、器によそい、白胡麻を振りかけたら、でき上がりだ。

「お好みで、粉唐辛子をかけていただきます」

由莉が鼻をひくつかせながら、うっとり目を閉じる。

「あぁ、胡麻油と醤油の香りがたまらないですわ。今すぐ食べてしまいたい」

「これ、はしたない」

登和子は横目で由莉を睨《にら》んだが、その目には迫力がなく、登和子の鼻もわずかにひくりと動いていた。

次に、大根の先を銀杏《いちょう》切りにし、大根の葉を食べやすい大きさに切って、味噌汁を作る。

台所に漂う味噌のにおいに、由莉が顔をほころばせた。

「本日は大根づくしですね」

はなはうなずいた。

「菜園の大根が、あまりにも立派でしたので、つい――」

はなはしみじみと目を細めて、鍋の中の味噌汁を見つめた。

「故郷の村にいた頃は、貧しい暮らしの中で、いつも畑で採れた大根ばかり食べておりました。大根のかて飯で、お腹を満たしておりましたよ」

輪切りにした大根の粗熱が取れたら、鍋から取り出して水で洗い、ぬめりを取る。

「さあ、いよいよ味つけですよ。鰹出汁《かつおだし》に醤油と塩を加え、輪切りの大根を入れて煮れば、でき上がりです」

はなは喜楽屋の調理場を思い浮かべた。

「駒場へ来る前に、喜楽屋の女将《おかみ》と同じ味を出せるようになっておけ」と弾正に言われてから、おせいに頼んで味を見てもらっていたのだ。

「やっぱり、自分の舌が頼りよ」

はなが作った煮汁を飲んで、おせいは温かい笑みを浮かべていた。

「塩は必ずひとつまみとか、醤油は必ずこれくらいとか、そんなふうにはなかなか決められないわ。大根の状態によっても、味は変わるしねえ」

喜楽屋で使う鰹節は、いつも日本橋の旭屋から仕入れている。伊澤家で使っている鰹節よりも上物だ。

味の決め手である出汁が違うので、今から仕上げる風呂吹き大根は、柚子味噌の時と同様に、喜楽屋とまったく同じ味にはならないだろう。

はなは目を伏せた。

「大丈夫よ、はなちゃん」

おせいの優しい声が耳によみがえる。

駒場で上手く作れなかったらどうしようと不安がるはなを、おせいは力強く励ましてくれた。

「銀次とまったく同じ味が出せるかと問われたら、わたしだって『無理です』と答えるしかないかもしれない。けれど、どうにかこうにか喜楽屋を引き継いでこられたわ。はなちゃんだって、もうすっかり喜楽屋の気に染まっているんですもの。はなちゃんの中にある喜楽屋の味を出してくれればいいのよ」

頭の中に浮かんでいるおせいの姿にうなずいて、はなは鍋の中から小皿に出汁を取った。

調理場の中では、いつも心を晴らして――。

小皿に口をつけて味を見る。

喜楽屋の調理場に立つおせいの姿を思い浮かべながら、はなは塩と醤油を入れて、出汁に味をつけた。大根の甘みと出汁の香りの邪魔にならぬよう、塩と醤油の量はわずかだ。

この、わずかが難しい。喜楽屋の調理場で何度も試して、適量と思える量を体で覚えねばならなかった。

もう一度鍋の中から汁を取って、味を見る。

よし――。

はなはうなずいた。

今できる精一杯の味だ。

下茹でした大根を汁の中に入れる。

「このまま、ゆっくり煮込みます」

大根に味が染みていくのを待つ間に、左内と左之助が帰宅した。登和子がいったん場を離れ、左内のもとへ向かう。

「では鯵《あじ》の干物を焼いていきます」

由莉が大きくうなずいた。

鯵の身を下にして、七輪の上に置く。じっと様子を見ていると、しばらくして皮がめくれてきた。引っくり返せば、ほどよい焦げ目がついている。身から脂がしたたり落ちて、じゅーっと音をさせた。

由莉がごくりと唾《つば》を飲む。登和子もすぐに戻ってきて、真剣な眼差《まなざ》しで鯵を見つめている。

はなは鯵に目を凝らした。皮を焦がしてはならぬ。ぱちぱちと小さな音を立てて爆《は》ぜる炭の音を聞きながら、はなは頃合いを見て、鯵の干物を皿に移した。

「まあ、綺麗！」

由莉が歓声を上げる。

「どこも身崩れしていないわ。わたくしが焼いた時は、皮がもっと黒く焦げてしまいましたの」

「皮は、炙《あぶ》る程度と心得ておけばよろしいでしょう」

由莉は真面目な顔で背筋を正した。

「わかりましたわ。ありがとうございます」

はなは続けて人数分の干物を焼いた。

「あとは風呂《ふろ》吹《ふ》き大根で終わりです」

もう一度汁を飲んで味を確かめてから、はなは器によそった。柚子味噌《ゆずみそ》をかければ、でき上がりだ。

梅干を載せた湯漬けも膳《ぜん》に載せる。

「はなさま、わたくしも一緒に膳を運びます」

「お願いいたします」

目を合わせて微笑み合って、ともに膳を運んだ。

「ほう」

思わずと言ったふうに、左内が声を上げた。膳の上を見つめて、目を見開いている。

「いつもより品数が多いな」

左内は風呂吹き大根の器を手にして、はなに顔を向ける。

「弾正どのが自慢げに語っていた風呂吹き大根は、これか」

はなは思わず「え……」と声を上げた。

左内は苦笑する。

「神田で評判の風呂吹き大根が、そのうち駒場に伝わってくると話していたぞ」

はなは口角を引き上げながら小首をかしげた。

「残念ながら、まったく同じ味にはなりませんが――」

左内が訳知り顔でうなずく。

「醤油《しょうゆ》や味噌が違うであろうからな。お役目柄、旅に出ることも多いが、ところ変われば味も変わる。各家によっても違うものよ」

左内が箸《はし》を持つ。風呂吹き大根を箸で割り、ぱくりと頬張った。

「うむ――」

じっくりと嚙《か》みしめて飲み込み、満足げに目を細める。

「これは美味《うま》い」

左之助、登和子、由莉も箸を手にして、風呂吹き大根を口に入れた。

「うぅん」

「あぁ」

左之助と由莉が同時に目を閉じて唸《うな》った。

登和子は声こそ発しないものの、一瞬大きく目を見開いてからまばたきを繰り返し、満ち足りたような笑みを浮かべていた。

左内は風呂吹き大根をもうひと口頬張ると、穏やかな表情で咀嚼《そしゃく》した。

「まったく同じ味にはならずとも、喜楽屋の魂は、この風呂吹き大根の中に宿っておるであろう」

左内は味噌汁を飲んだ。

「きっと味には、これまでの生き方が出る」

喜楽屋だけでなく、鎌倉での暮らしもな——そう言われている気がした。

はなは一礼して、味噌汁の椀《わん》を手にする。

これからは、喜楽屋の味を駒場で作る——そう思っていたが、少し違うのかもしれない。

おせいの言葉が頭の中によみがえる。

——銀次とまったく同じ味が出せるかと問われたら、わたしだって『無理です』と答えるしかないかもしれない——はなちゃんの中にある喜楽屋の味を出してくれればいいのよ――。

銀次の料理は食べたことがないので、はなには比べようもないが、銀次には銀次の味があったように、おせいにはおせいの味があったのだ。

はなは、はなの味でよいのだと、左内にも認めてもらえたような心地になった。

「嫁いでゆけば、その家の味も覚えていかねばなるまい。のう、登和子」

同意を求められた登和子が箸を置いて居住まいを正す。

「料理をしている時のはなさまには迷いがございませんでした。動きに無駄がなく、動きながら由莉の問いに答える余裕もございました。日々積み重ねたことが、しっかり身についている証《あかし》でしょう」

登和子に褒められて、はなの胸がどきどきした。

「恐れ入ります」

平静な声を出そうと努めたが、少し上ずってしまった。

登和子は凛然《りんぜん》と、はなを見すえる。

「習字も、裁縫も、薙刀《なぎなた》も――今ここで習得していることはすべて、料理と同様に、人に教えることができるようになるまで身に落とし込まねばなりませぬ。完全に身についておらねば、人に教えることなどできませぬよ。人に説明することにより、おのれの理解不足が浮き彫りになり、物事が上達してゆくのです」

はなは表情を引きしめる。

「承知いたしました」

「もし将来、女子《おなご》が生まれれば――武士の娘に必要な事柄を教えるのは、女親の仕事になるのですよ」

「はい――」

はなはかしこまって一礼した。

顔を上げれば、左内の眼差しが顔に突き刺さった。じっと鋭い目つきで、はなを見ている。

「はな、聞きたいことがある」

「はい」

はなは背筋を伸ばして左内の目を見つめ返した。武士の妻として生きていく覚悟を問われるのだろうかと、思わず身構える。

左内は目を細めた。

「風呂吹き大根のお代わりはあるか」

「はい？」

「我が家の大根を丸々一本、風呂吹きに使ったのであれば、ひと切れの厚さから見て、まだあるはずだと思う」

「はい、ございますが――」

左内は重々しくうなずいた。

「では、もらおう」

「おれも、お願いいたします！」

左之助が空になった器を掲げた。

「わたくしも！」

由莉が負けじと器を高く上げる。

「これ、はしたない」

登和子が由莉を睨《にら》みつけながら立ち上がった。すっと左内のもとへ近寄り、空いた風呂吹き大根の器を右手で持った。

「はなさまは、左之助の器をお願いいたします」

「かしこまりました――」

返事をしながら登和子の手元を見れば、左手にもうひとつ器が――登和子の膳の上に目をやれば、登和子の器が膳の上から消えていた。

はなは思わず吹き出しそうになる。

食事の場で思いっきり笑ってしまえば無作法になるかと思い、はなは口元をゆがめながらこらえた。

左之助のもとへ近寄れば、左之助は従順な子犬がしっぽを振っているような顔で、空いた風呂《ふろ》吹《ふ》き大根の器を差し出してきた。

「では、お願いいたします」

「はなさま、わたくしも！」

「かしこまりました。お二人とも、少々お待ちくださいませ」

微笑みながら器を受け取り、はなは台所へ向かう。入れ替わりに、登和子が左内のもとへお代わりを運んでいった。もちろん自分の器にも、ちゃんとお代わりがよそわれている。

ずいぶんと気に入ってもらえたようだ。

嬉《うれ》しさを噛みしめながら、はなは風呂吹き大根のお代わりをよそった。

伊澤家の台所で、ふと喜楽屋の小上がりがよみがえってくる。

——はなさん、おいらも風呂吹き大根！　やっぱり、喜楽屋の風呂吹き大根を食べなきゃ一日が終わらねえや——。

——おれにも風呂吹き大根をくれ。あと、酒もな——。

——はなちゃん、もちろん、わたしにも風呂吹き大根を頼むよ——。

そんなやり取りが、どこからか聞こえてきそうだ。

——はうっ、これこれ——。

——味がよく染みてるぜぃ——。

——寒い夜には熱々の風呂吹き大根を食べて、このわたしの黄金の指先をあっためなくちゃねえ——。

——どこに黄金の指先があるんだ、この自惚《うぬぼ》れ屋の鳩野郎め——。

——うるさいねえっ、櫓《ろ》を握るしか能のない猪牙《ちょき》野郎が——。

——おめえら、静かに飲ませろってんだ——。

泣き出したくなるような懐かしさが、はなの胸にぐっと込み上げてきた。

震える唇を強く引き結ぶ。

美味《おい》しい物を大切な人たちへ——。

お客から家族へと、料理を作る相手は変わるけれど、込める心は変わらないはず。

だから寂しいと思う必要なんてない。

両親が亡くなってから、一人ぼっちになったはなに、また新しい家族ができるのだ。喜びだけを感じていればいい。心細さや不安を抱く必要なんてない——。

　はなは風呂吹き大根のお代わりを運んだ。

「お待たせいたしました」

膳《ぜん》の上に置いてやれば、左之助と由莉が笑顔を向けてくる。はなも微笑み返した。

伊澤家の正式な養女となった暁には、左之助が義理の弟となり、由莉は義理の妹となる。左内は義父に、登和子は義母に——。

結城家に嫁げば、ここが、はなの実家となるのだ。何とありがたく、心強いことだろう。

　大根の皮と人参《にんじん》のきんぴらを食べていた左内が箸《はし》を止め、ふっと笑った。

「今日は、みな食が進むな」

　湯漬けをかっ込んでいた左之助がうなずく。

「美味《うま》い物を食べると、心が弾みます。冬の夜に、熱い風呂吹き大根など出されたら、もうたまりませぬ」

　左之助は湯漬けを食べ終えると、まだ湯気の立ち昇る風呂吹き大根のお代わりを頬張った。

「おぅ——あちっ——うま——」

兄と競うように風呂吹き大根を頬張って、由莉も「熱っ」と小声を漏らした。いつもであれば「落ち着きがない」と小言を言いそうな登和子も、今日は苦笑するだけだ。

風呂吹き大根を飲み込んだ左之助が「そういえば」と首をかしげた。

「この『風呂吹き』という料理には、大根や蕪《かぶ》などを茹《ゆ》でるだけでなく、蒸す調理法もあると聞きました」

左内がうなずく。

「確か『大根料理秘伝抄』に載っていた大根の風呂吹きは、茹でるのではなく、蒸すのではなかったか。切り方も、厚い輪切りではなく、大根の皮をむくように薄く長くむいていった物を巻いていた」

左之助は感心したように唸《うな》った。

「料理というものは、真《まこと》に面白いですな。先ほど父上がおっしゃったように、ところ変われば味も変わる——調理法もまた様々なのでございますな」

「うむ。風呂吹きという名の由来についても諸説あるぞ」

左之助が興味深げな目を左内に向ける。

「蒸《む》し風呂《ぶろ》で客の垢《あか》を取る者を『風呂吹き』と呼びますが、垢をかき落とす際、客の体にふぅふぅと息を吹きかける様が、熱い大根などにふぅふぅと息を吹きかけながら食べる様と似ているので、料理のほうも『風呂吹き』と名がついたのではないのですか？」

「よく知られている説だな」

左内は空になった風呂吹き大根の器を手にし、左之助に向かって小さく掲げた。

「器にちなんだ説もある」

左之助と由莉がそろって首をかしげた。

「漆器を乾かすための蔵を『風呂』と呼ぶのだが、冬場に漆の乾きをよくするため、漆器を作る塗師《ぬし》が『風呂』に大根の茹で汁を吹きかけるのだという。そして茹で汁を取ったあとに残った大根が、風呂吹き大根と名づけられたという話だ」

左之助と由莉が同時に感嘆の息を漏らす。

登和子は膳の上の食事を食べ進めながら、穏やかに微笑んでいた。

今宵《こよい》の伊澤家はいつもより賑《にぎ》やかだ。

やはり美味しい物を食べると、人は朗らかになるのだろう。

心が弾めば、話も弾む。

家族団欒《だんらん》の食事風景に、はなは目を細めた。

やはり美味しい物は人を幸せにする――。

喜楽屋で過ごした時に、はなは感謝した。

喜楽屋で料理に触れてきたおかげで、今こうして喜ばれる食事を作ることができたのだ――。

「やはり弾正どのが自慢していただけのことはあったな」

左内が静かに箸を置いた。膳の上の器はすべて空になっている。

「喜楽屋は実によい店のようだ。はなは真に恵まれておったな」

「はい」

はなは居住まいを正して、真正面から左内を見た。

「あと先考えずに鎌倉の村を飛び出して、江戸では本当に多くの方々のお力をお借りいたしました」

左内は微苦笑を浮かべる。

「想いの強さを頼りに、よき縁に辿《たど》り着けたというわけか」

初めて喜楽屋の暖簾《のれん》をくぐった日の出来事が、はなの頭の中に流れてきた。

はなを鎌倉の村へ帰そうとする弥一郎から逃げて、武士とぶつかり、無礼打ちされそうになった。駆けつけてくれた弥一郎に助けられ、喜楽屋へ連れていってもらったのだった。

「弥一郎さまのおかげです」

左内が「む？」と眉《まゆ》をひそめる。

「小石川《こいしかわ》御薬園同心の岡田《おかだ》弥一郎さまが、わたくしを喜楽屋へ導いてくださったのです」

左内は納得顔になった。

「そういえば、弥一郎は良太と親しくしておったな」

左之助が「あっ」と声を上げる。

「おれは今日、御薬園で良太どのにお会いしましたよ。薬草の調合を、ご指導いただきました」

左之助は口角を引き上げて、はなを見た。

「別れ際に、ただひと言『達者か？』と聞かれたので、『お元気で頑張っていらっしゃいますよ』とお伝えしたら、嬉《うれ》しそうに笑っておいででした」

はなの目の前に良太の笑顔が浮かんでくる。胸が切なくなった。

会いたい――。

はなは思わず胸の前で両手を握り合わせた。

「そのうちに会えるであろう」

左内の声が静かに響く。

「年が明けたら動き出せるよう、近いうちに話を進めておくとするか」

「急《せ》いては事を仕損じると申します」

たしなめるように、登和子が厳しい声を出した。

「覚えねばならぬことは、まだ数多く残っていますよ」

「はい」

はなは背筋を伸ばした。

気をゆるめてはならぬ。しっかり気を引きしめて事に当たらねば、登和子の指導についていけなくなってしまう。裁縫も、薙刀《なぎなた》も、まだ基本の基しかこなせていないのだ。

登和子が表情をやわらげる。

「ですが、そう案じる必要もございませぬ。このわたくしが、ついておりますからね」

「はい。ありがとうございます」

慈愛に満ちた表情で微笑む登和子に、はなも微笑み返した。

ぱちぱちと囲炉裏で薪《まき》が燃えている。

温かい夜に、みな優しい笑みを浮かべていた。

師走《しわす》（旧暦の十二月）に入り、ますます寒さが増してきた。

はなは箒《ほうき》を手にして、ざくざくと霜柱を踏みながら裏庭を見回る。

キョッキョッと鳴いているのは青啄木鳥《あおげら》か。キャッキャッと鳴いているのは犬鷲《いぬわし》か。

庭を眺めて、まず思うのは、異変がないかどうか——木の枝ぶりに乱れはないか、地面に不審な足跡はついていないか、聞こえてくる鳥の鳴き声に警戒は含まれていないか——庭の景色を愛《め》でるよりも先に、違和を感じないかどうかを気にするようになった。

吐く息の白さに、時の流れをしみじみと感じる。

駒場へ来てから、まだひと月も経っていないのに、冷気が容赦なく肌を刺すようになった。季節は確実に進んでいるのだと痛感する。

寒さに負けじと背筋を伸ばして、はなは裏庭を見渡した。

以前とは、立ち方も変わっている。

頭のてっぺんから空へ伸びた糸が、ぴんと引っ張られている様を思い浮かべて、腹に力を込める。腰骨をまっすぐにして、背筋を伸ばし、顎《あご》を引く。歩く時も、姿勢は崩さず、肩の力を抜いて、腰で歩くよう心がける――。

裏庭を掃き清めると、はなは箒を片づけて、裏庭の稽古《けいこ》場《ば》で木製の薙刀を手にした。

中段の構え、八相の構え、下段の構え――教えられた型を何度もくり返す。

迷いなく薙刀を振れるようになってきた。

「秋の田の～かりほの庵《いお》の～苫《とま》をあらみ～わが衣手は～露に濡《ぬ》れつつ～」

百人一首をそらんじながら、はなは薙刀を振り続ける。

「春過ぎて～夏来にけらし～白妙《しろたえ》の～衣ほすてふ～天の香具山～」

いつの間にか、この冬を過ぎて、あっという間に新春になるのか。きっと春も瞬く間に過ぎて、夏になるのだ。良太と約束した、蛍の季節がやってくる――。

来年からは、巡る季節を良太と寄り添って越えてゆくのだ。

ひとつ屋根の下に暮らし、旬の食材を料理して、ともに食べる。

夫婦であれば当たり前の幸せが、はなと良太にとっては遠かった。

だが、やっと、あともう少しで手の届くところまできた。

「あしびきの～山鳥の尾の～しだり尾の～長々し夜を～ひとりかもねむ～」

歌を順に百首そらんじながら、はなは薙刀を振り続けた。

足さばきをつけての素振りも行う。

目の前に立つ敵を思い浮かべて、薙刀を振る。正面、右からの側面、左からの側面、右からの外脛《そとずね》、左からの外脛、再び正面――。

敵からの攻撃を受ける型も行う。体を後ろにさばきながら正面で受け、側面で受け、脛の外側で受け――。

動きながらも、百人一首をそらんじ続けた。

考えずともできるところまで落とし込まねば、きっと完全に身についたことにはならない。

「腕だけで振ろうとしていますよ」

後ろから声がかかった。はなは薙刀を止めて、振り返る。

「身をねじってはなりませぬ」

登和子の鋭い声が飛んだ。

「振り返る時は、まず右足を引き、腰を軸にして回し、半身になるのです。首や上半身だけで振り返ろうとしてはなりませぬ」

「はい」

言われた通りに右足を引き、腰を軸にして半身になってみる。

稽古場の隅に立っていた登和子と目が合う。はなと同じく木製の薙刀を手にしていた。

「よろしい。続けて」

「はい」

中段の構えから、切っ先を上げた。身を切るような風が前から吹きつけてくる。

「面！」

風を打つように、はなは上段から薙刀を勢いよく振り下ろした。

登和子がはなの前に立ち、中段に構える。

「今度は、わたくしに仕かけてきなさい」

「え――」

はなは躊躇《ちゅうちょ》した。

「登和子さまを打つのですか？」

「すべて受けますゆえ、心配は無用です」

登和子が礼をして、中段に構えた。

確かに、敵襲に備えての稽古であれば、素振りだけ続けていてもあまり役には立たないだろう。実際に打ち合っていかねば、敵の動きに対応できない。

登和子はじっと待ち構えている。

はなも礼をして、中段に構えた。

「参ります」

八相から面へ――軽く止められた。すかさず中段に戻して、今度は左脛を狙う。

登和子は受けたと同時にななめ後ろへ下がり、ものすごい速さで薙刀を振ってきた。

はなの顔の横で、ぴたりと登和子の薙刀が止まった。

これが真剣であったなら――寸止めにされていなければ――。

はなの背筋を恐怖が走る。

登和子が中段の構えに戻った。はなも薙刀を中段に戻す。

「次」

かかってこいと促されても、おいそれとは動けない。登和子にはまるで隙がないのだ。どこを攻めても、簡単に止められてしまうだろう。

「どうしました」

登和子の冷静な声が恐ろしく感じられる。だが、いつまでも膠着《こうちゃく》していては稽古にならない。はなは観念して、八相に構えた。

今度は脛を狙う。やはり、あっさり止められた。すかさず中段に戻して、今度は面を——これも即止められる。

　はなは下段に構えた。

　脛、胴、面と続けて狙っていくが、すべて止められる。

「えぇいっ」

登和子の雄叫《おたけ》びとともに、はなの薙刀《なぎなた》が払われた。気がつけば、登和子の薙刀が頭上で寸止めになっている。

　まったく歯が立たない——。

　登和子が小さく息をついた。構えを解いて、はなに向き直る。

「気持ちがすべて動きに出ておりました。まずは、おのれの中の恐れに打ち勝たねばなりませぬ」

「はい……」

　はなは首《こうべ》を垂れた。

「感情を表に出さぬよう、抑えなさい。敵の前に弱さを晒《さら》した時点で負けですよ」

「はい」

はなは唇を固く引き結んで顔を上げた。

「あなたは何のために薙刀を覚えるのですか？」

真正面から見すえてくる登和子の眼差《まなざ》しは、まるで上段から振り下ろされる薙刀の切っ先のようだった。

「何のため……それは、敵から家を守るために……」

伊澤家の長押《なげし》にも薙刀がかけられている。間違いはない。

登和子の眼差しに、ますます気迫がこもる。

「ただ屋敷を守り切ればよいと考えてはおりませぬか？」

はなは戸惑いに目を瞬《またた》かせた。

「違うのでございますか？」

登和子はゆっくりと首を横に振った。

「間違いではございませぬ。なれど、武家の女が薙刀を振るう理由は、屋敷の防衛だけとは限りませぬよ」

登和子の目が厳しく光った。

「もし万が一にも家長が何者かによって斬殺《ざんさつ》された場合、仇討《あだう》ちをせねば、御家の相続が叶《かな》わなくなります。ゆえに、残された子や妻は必ず仇《かたき》を捜し出し、討ち取らねばならぬのです」

はなは、ごくりと唾《つば》を飲んだ。

もしも良太が何者かによって斬殺されれば、場合により、はなが仇討ちをせねばならぬというのか――。

「討ち手が女子供の場合には、助太刀《すけだち》も許されますが――あくまでも、自らの手で仇を討ち取るのだという気概がなくてはなりませぬ。女にも、打って出ねばならぬ時があるのやもしれぬのです」

追い打ちをかけるように登和子は続ける。

「夫は主君のためにおのれを捨て、妻は夫のためにおのれを捨てねばなりませぬ。妻は夫を支え、ともに戦う同志なのです。夫を助けることが、御家のため」

登和子は毅然《きぜん》と顎《あご》を引いた。

「はなさまが正式に当家の養女となる際には、自害の作法もお教えいたしますからね」

薙刀を持つ、はなの手が震えそうになった。

自害の作法――。

登和子は、ふっと表情をやわらげる。

「夫や子――大事な人を命懸けで守る覚悟を持てばよいのですよ」

はなはうなずいた。

弾正が言っていた「女も、男とともに戦えねばならぬ」という言葉の意味が、やっと少しずつわかってきた気がする。

危険な任務へ赴く良太を支え、守る――その覚悟を持つ――。

何があっても逃げ出したりはしないと、はなは改めて心に誓った。

「いずれ左之助にも稽古の相手をしてもらいましょう。薙刀と刀では、間合いが違いますゆえ。懐に飛び込まれぬよう気をつけながら敵の脛《すね》を狙う動きを、一度やっておくとよいでしょう」

「はい」

「なれど今は、薙刀で、もう一本」

登和子が中段に構えた。

「さあ」

はなも中段に構える。

じっと登和子を見た。相変わらず、どこを攻めても止められてしまいそうだが――いや、実際に止められてしまうのはわかっているが――それでも、かかってゆかねばならぬ。

はなは登和子をじっと見つめながら、大きく息をついた。向かってくる薙刀の先が、はっきりと見えた。はなの正面に向かってくる。はなはとっさに腕を動かした。

がつっと頭上で音がした。登和子の薙刀が止まった。

はなはすぐさま後ろへ下がり、中段の構えを取った。登和子も下がる。

間髪を容《い》れずに飛びかかり、八相から勢いよく正面を狙った。

これも、あっさり止められる。

だが登和子は満足げに口角を引き上げていた。

「よい気迫です」

「はい！」

再び離れて、中段の構えに戻る。

登和子が鷹揚《おうよう》にうなずいた。

「今日は、これまで」

「ありがとうございました」

凜《りん》と背筋を伸ばしてから、はなは丁寧に一礼した。

朝餉が終わると、表玄関近くの八畳間へ呼ばれた。

登和子が箏《こと》の前に座っている。

「はなさまは楽器に触れた経験がございますか？」

「いえ、一度も――間近で見るのは初めてでございます。三味線の音は時折、江戸の町中で耳にしておりましたが――」

「たしなみのひとつとして、覚えておくとよろしいですよ」

事もなげに、登和子は告げる。

「結城家の涼代さまは、箏が大変お上手でいらっしゃいます」

良太の母が――。

もし、はなが上手《うま》く弾けるようになれば、嫁姑《よめしゅうとめ》の間で仲よく箏の話もできるだろうか。

何としても上手く弾けるようになりたいと、はなは思った。

まだまだ未知の領域へ踏み込んでいかねばならぬのかと若干ひるみながらも、努めて平気な顔をして、はなは居住まいを正した。

「ご指南よろしくお願いいたします」

「では、こちらへ」

登和子に指し示された場所へ腰を下ろす。

「ぴんと張られた箏の弦を支えているところを『龍角《りゅうかく》』と呼びますが、この龍角の内側に腰がくるよう座ります。箏に対して、ななめ左へ向かい——」

登和子に指示されるまま、体の位置を少しずつずらしてゆく。

「はい、そこでよろしいですよ。では箏爪を、右手の親指、人差し指、中指につけてください。箏爪が指の腹側になるように、はめるのです」

四角い箏爪を、みっつ渡された。

「深過ぎず、浅過ぎずにはめて——」

はなの指を確かめて、登和子はうなずいた。

「この箏爪の、尖《とが》ったところで、弦を弾《はじ》きます。前かがみにならぬよう気をつけて、胸を張り——左手を弦の上に置いて——もう少し下へ——そうです」

登和子に指示されるまま、はなは手を動かした。

「右手は龍角の上へ——薬指を軽く載せるのです。奥から七番目の弦に親指を置いてください」

「はい」

素早く弦を数えて親指を置いた。

「親指を、ひとつ奥の六の弦に向かって押すように弾いてみてください。箏爪が奥の弦に当たってしまって構いませぬ」

「はい」

言われるままに、指を動かした。

ビィーンと音が鳴る。

「親指はそのまま――四本奥の弦に、薬指を置いてください」

「はい」

「人差し指も――そう、そこです。二本の指をそのままに、親指でもう一度弾いてください」

「はい」

「親指は曲げずに、伸ばして」

「はい」

何度か、くり返す。

「はなさまから見て、奥の弦から、一弦、二弦、三弦、四弦、五弦、六弦、七弦、八弦、九弦、十弦、斗《と》、為《い》、巾《きん》となります」

弦の上に指を置いたまま、はなは首をかしげた。

「十の次は、十一ではないのですか？」

「かつては、一弦から順に、仁《じん》、智《ち》、礼《れい》、義《ぎ》、信《しん》、文《ぶん》、武《ぶ》、翡《ひ》、闌《らん》、商《しょう》、斗、為、巾と呼ばれていたそうです。のちに、わかりやすくするため数字を当てはめた際に不都合が生じたため、十一弦は『斗』のまま、十二弦は『為』のまま、十三弦は『巾』のままになったそうですよ」

例えば、十一弦を「十一」という指示で書かれた時に、十一弦のみを弾くのか、それとも十弦と一弦を同時に弾くのか、わからなくなってしまうのだという。「十二」と「十三」も同様だ。

「親指の動きを、巾から一まで続けてやってみましょう」

巾から一——つまり、手前から奥へ向かってということだ。

はなは巾に親指を当てた。

「九の弦に、薬指と中指を置いてください」

はなはとっさに一から弦を数えた。

「今親指を置いてある巾の弦から奥に向かって、四本目の弦が九です」

「はい」

「巾、為、斗と、続けて親指で弾いてください」

「はい」

「九の弦に近づいたら、薬指と中指を奥へ——また四本先の弦です」

「はい——あっ——」

はなは手を止める。薬指と中指を置くのが、四本奥ではなく、三本奥の弦になってしまった。

「大丈夫です。続けなさい。できるようになるまで、何度でも、くり返せばよいのです」

「はい」

巾の弦に戻って、もう一度やり直す。

「肩に力が入り過ぎです。肘《ひじ》は張らぬように——前かがみになっていますよ」

「はい」

「一弦を弾く時は、薬指と中指を龍角の端に添えて——」

「はい」

姿勢を正して、何度もくり返す。

「一音一音を、しっかり丁寧に弾いてください。同じ強さ、同じ長さで、そろえて弾くのです。曲というものは、一音一音が繋《つな》がってできているものなのですからね。美しい一音が出せぬ者に、曲を美しく奏でることはできませぬ」

「はい」

「一度わたくしが弾いてみましょう」

場を代わり、登和子が箏の前に座る。はなは箏爪を渡した。

「では」

登和子が弾き始める。

はなは息を呑《の》んだ。

美しく澄んだ音色が力強くなめらかに、登和子の指先から放たれている。

はなと同じ箏を、同じ箏爪を使っているのに、まるっきり音が違う。

登和子の指は常に同じ調子で動き続け、順に弦を弾いているだけなのに、まるでひとつの曲を奏でているようだった。

「さ、もう一度やってごらんなさい」

「はい」

できるだろうか。登和子と同じように——。

再び箏の前に座り、箏爪をつけた。先ほどと同じく、巾の弦から順に親指で弾いていく。

「また肩が上がっていますよ。力み過ぎです。まずは、ゆっくりでよいのですからね」

「はい」

だが、登和子の音とはあまりにも違い過ぎて、力まずにはいられない。

どうしたら美しい音色が出せるのだろう。まだ親指でしか弾いていないというのに、これでは先が思いやられる。箏《こと》が、こんなにも難しいだなんて——。

親指だけが問題ではない。薬指と中指を奥へ動かす時に、どうしても、ぎこちなくなって、手を止めてしまいそうになる。

「手を寝かせ過ぎです。音の長さをそろえて。心の中で『一とぉ、二とぉ、三とぉ、四とぉ』と数えながら弾いてごらんなさい」

「はい」

余裕がなくて、気づけば「はい」としか言えなくなっている。

教えられた通り、はなは心の中で「一とぉ、二とぉ」と数えながら、弦を弾いてみた。

しばらく、くり返す。

「今度は一弦から巾まで戻ります。一弦以外は、弾いたあと奥の弦に箏爪をしっかり当てて——置きやすいところに薬指を置いて支えて——」

「はい」

「あせらず、丁寧に」

「はい」

しばらくの間、またくり返す。

「次は、人差し指と中指で弾きます」

はなの口から思わずため息がこぼれた。

登和子が苦笑する。

「もう疲れましたか？」

「はい——いえ——あの——この調子では、曲を弾けるようになるまで、いったいどれほどの時がかかるのかと思いまして——」

登和子が小首をかしげて、はなを見た。弱音を吐いて叱られるかと思いきや、登和子は優しく微笑みかけてきた。

「どれほど時がかかってもよいのですよ」

「でも、わたくしには時がなく——」

「箏は、気晴らしでよいのです」

「え――？」

言葉を失うはなに、登和子は笑みを深める。

「気晴らしは、気を晴らすと書きますが――常に心を晴らし続けることは、何と難しいのでしょう」

登和子はななめに宙を見やる。

「採薬師は、薬草を採取するために険しい山へも踏み入るのが務め。山の中には危険も多く、いつ無事に帰ってこられるのかわかりませぬ。わたくしたち妻は、夫の無事を信じ、黙って家で待つしかないのです」

登和子は箏に目を落とした。

「夫がお勤めから疲れて帰ってきた時、妻が明るく優雅に振る舞っておらねば、いったい、どう思うでしょうか」

登和子はそっと箏を撫《な》でた。左内と左之助が密命の旅に出ていた日々を振り返っているような表情だ。

「音楽は心を慰めてくれます。自分の気を晴らすため、そして夫の心を慰めるため――まずは音を楽しめばよいのですよ」

音を楽しむ――良太とともに――。

はなは巾《きん》の弦に親指を当てた。九弦に薬指と中指を置き、親指で弦を弾いていく。

澄んだ音色がなめらかに、はなの指先からほとばしった。

登和子には到底及ばぬものの、これまでで一番美しい音が出せた気がする。

「一音一音が、とても澄んでいましたよ。わたくしの心にも響きました」

「ありがとうございます」

はなは安堵《あんど》の息をついた。

いつかは自分も曲を奏でられるのだという希望が湧いてきた。

「では続けましょう」

「お願いいたします」

登和子の指導を受けながら、はなは三本の指で弦を弾いていった。

心を込めて箏を弾けば、想いが音色に宿って風に乗り、良太のもとまで届くような気がした。

箏の稽古《けいこ》が終わると、廊下の花を生け替えるよう登和子に命じられた。

壁にかけられた竹筒の中に、庭の千両が生けられている。

青い葉の上についていたはずの赤い実がなくなっていた。ぽろりと落ちて、すでに片づけられたのだろう。

はなは竹筒の中から千両を引き抜いた。枝を握りしめ、生けられていた長さや太さを確かめてから、庭へ出る。

冬は彩りが少ない。松など常緑の枝ばかりが目立っていた。

はなは庭の一角へ向かう。吸い寄せられるように、水仙の前に立った。

白い花が美しく群れて芳香を放っている。

他に目ぼしい花はない。

だが――。

なぜ登和子は水仙ではなく、千両を廊下に飾っていたのだろうかと考える。

もてなしや癒《いや》しのための花であれば、水仙でもよいではないか。昨日今日で突然咲き出したわけではないのだから、水仙を選ぶこともできたはずだ。

好みもあるが、水仙の花のほうが、千両より見栄えがよいのではないか。竹筒に白い花を一本挿すだけで、廊下が明るくなるはずだ。

はなであれば、花の少ない時季に咲いている、可憐《かれん》な水仙を選んだだろうに――。

水仙の前にしゃがみ込み、花に顔を近づけてみた。甘い香りが鼻先をくすぐってくる。

「ひょっとして、におい……？」

独り言《ご》ちてから、はなは首を横に振った。

伊澤家は採薬師の家系だ。癖のある強い薬草のにおいにも、みな慣れている。水仙の花の香りを避けたとは考えにくい。それに、もし嫌いな花であれば、庭に植えるはずがない。

となれば、やはり水仙を選ばなかった理由が他に何かあるのか。

千両と水仙の違いは、いったい何だ――。

冷たい風に水仙が揺れた。

なよやかな葉の一本一本が頼りなげに見える。

はなの中で、何かが引っかかった。

右手を握りしめて、じっと見つめる。

先ほど手にした千両の枝の感触を振り返った。

「あっ――」

もしやと思い当たった。

はなは立ち上がり、水仙に背を向けた。稽古場の奥へ急ぐ。隅に植えてある南天の木を目指した。

赤い実をつけた南天の前に立つと、はなは細枝を右手で握った。

やはり——と確信する。

はなは南天をひと枝切って、竹筒に挿した。

南天も、千両も、どちらも赤い実をつけた枝物——生け替えても、あまり代わり映えはしないだろう。

だが、それでもよいと、はなは判断した。

「南天を選んだのですか」

後ろから声をかけられ、振り向けば、登和子がじっと赤い実を見つめていた。

「なぜ南天を選んだのです？　水仙の花も見頃であったでしょうに。南天は『難を転ずる』という、験担《げんかつ》ぎですか？」

試すような登和子の眼差《まなざ》しが、はなに向く。

はなは背筋を伸ばして顎《あご》を引き、真正面から登和子の目を見つめ返した。

「登和子さまが廊下に生けておられたのは、枝物でございました」

はなは右手を握りしめた。南天と千両の枝の感触がよみがえってくる。

「簪《かんざし》と同様に、廊下に生けた枝物も、いざという時の武器になるのでございましょう？」

　登和子は満足げに口角を引き上げた。

「その通りです。もし敵に侵入された時、薙刀《なぎなた》が手元になければ、廊下の花も使うのです。竹筒の水で敵の目を狙い、生けた花の枝でまた敵の目を狙う——そのため、廊下に置く植物は、硬い枝物でなくてはなりませぬ」

　登和子は南天の葉をそっと撫でた。

「わたくしに言われずとも、よく気づきましたね」

　はなは簪にそっと手を当てる。

「これまで登和子さまに教えていただいたことを振り返り、思い至ったのでございます。武家では、廊下に生ける花さえも、万が一のための用心とせねばならぬのではないかと——ゆえに、この場に生ける植物は、なよやかな草花であってはならぬのでございます」

　登和子は深くうなずいた。

「よく周りを見るようになりましたね。朝の掃除も、安心して任せられるようになりました」

　登和子が、はなに向き直る。

「あなたは、よく励んでおられます。もっと時がかかるものと思っておりましたが、この調子であれば、あとはお姑《しゅうとめ》さまに嫁ぎ先の家風を躾《しつ》けていただき、お姑さまのやり方を教えていただくのがよろしいでしょう。あなたがこれから染まるべきは、伊澤家の色ではなく、結城家の色なのですから」

はなは唇を震わせた。

「では……では、わたくしは……」

登和子がにっこりと微笑む。

「あなたを伊澤家の養女とする、正式な手続きをいたしましょう。日取りなど、さっそく旦那《だんな》さまと相談いたします」

はなは思わず胸の前で両手を握り合わせた。

「本当でございますか……？」

登和子が、はなの肩に手を置いた。

「涼代さまにお許しをいただいて、駒場の春をともに楽しみましょう。野に花が咲き乱れ、とても美しいのですよ。お弁当を持って、一緒に野歩きへ参りましょう」

涼代に許しをもらって、登和子と一緒に野歩きをする――それはつまり、来年の春、駒場野に花が咲く頃には、はなが結城家に嫁いでいるということだ。登和子は実家の母として、はなを野歩きに誘ってくれるというのだ。

はなの目の前に突然、どこまでも広がる野の花畑が現れたような心地になった。

桜、菜の花、すみれ、たんぽぽ、苧環《おだまき》——まだ見ぬ駒場の春は、蝶《ちょう》が舞い、小鳥がさえずって、きっと賑《にぎ》やかだろう。

はなの胸に熱い感慨が込み上げてきた。

やっと、ここまで——良太との暮らしに手が届くところまで、何とか辿《たど》り着いたのだ。

潤む目を瞬《またた》かせて、はなは微笑んだ。

「春の駒場野が、とても楽しみでございます」

これまでの労をねぎらうように、登和子がはなの肩を優しく叩《たた》いた。

「世話になった神田の人たちへ、文をお書きなさい。近況を報《しら》せ、安心していただくのです。文を書く時は、和歌からの学びを活《い》かすのですよ」

「はい」

はなは深々と頭を下げて、自室へ戻った。

文机《ふづくえ》の前に座ると、はなは心を込めて丁寧に墨を磨《す》った。

墨を磨りながら、おせいの笑顔を思い浮かべれば、恋しさが胸に込み上げてくる。

おせいは今頃どうしているだろう。もう体調は戻っただろうか。

神田の喧騒《けんそう》が耳の奥に一瞬こだまする。

こはくの「にゃーお」という鳴き声まで聞こえてくるような気がした。

墨を磨る手を動かしながら、白紙を見つめ、はなは書き出しを思案する。

おせいに話したいことはたくさんあるはずなのに、いざ文を書くとなると、何をどう書いたらよいのかわからくなった。

登和子に認められた興奮が、まだ冷めやらない。

和歌からの学びを活かした文とは、いったいどんな物だろう――改まって文を書いたことなど、生まれてこの方一度もないのだ。

はなはいったん墨を置いて、部屋の隅に目をやった。縫いかけの、良太の浴衣《ゆかた》が置いてある。

もし今この場に良太がいれば、文についてどんな助言をしてくれるだろうかと、はなは考えた。

そして苦笑する。

礼儀は大事だが、あまり形にとらわれず、心を込めて書けばよいのだと言ってくれるに決まっているではないか。

はなは再び墨を手にした。納得のいく濃さになるまで、しっかりと磨り続ける。

墨の濃さを確かめてから、はなは筆を手にした。

神田須田町《すだちょう》の喜楽屋に思いを馳《は》せながら、はなはおせいに語りかける。

「おせいさま、お元気ですか。おかげさまで、わたくしは――」

駒場での暮らしを気負いなく書き綴《つづ》り、誠意を込めて感謝を伝えよう。

おせいの笑顔を思い浮かべながら、はなは筆を動かしていった。

第四話　たんぽぽの温もり

「頼みましたよ、茂吉」

はなが文を差し出すと、茂吉はうやうやしく受け取った。

「確かに、お預かりいたしました。神田須田町の喜楽屋まで、わしの倅に届けさせますので、ご安心ください」

はなはうなずいた。

「師走《しわす》の忙しい時に、面倒をかけます」

茂吉は笑って首を横に振る。

「とんでもございません。江戸へ行く用事ができたと、きっと喜び勇んで参りますよ。はなさまの文をお預かりしたとなれば、女房にも大きな顔をして出かけられますからね。そして無事に文をお届けしたあとは――」

いたずらっ子のような笑みを浮かべると、茂吉は右手の親指と人差し指を伸ばして、くいっと上に掲げた。

「自分への褒美に、ちょいと神田で一杯やるに決まっております」

「まあ――」

茂吉は文を懐にしまった。

「では、さっそく息子のところへ届けてまいります」

茂吉が踵《きびす》を返して、勝手口の外へ出る。

はなの胸に突然、えも言われぬ不安が湧き上がってきた。

茂吉に託した文の中身が、本当にあれでよかったのかと、たまらなく気になり出し始める。

「あの――」

はなは思わず戸口に駆け寄った。

茂吉が足を止めて振り返る。

「他にも何か、ご用がございましたか？　外で買ってくる物などがございましたら、遠慮なさらずにお申しつけください」

はなは口ごもった。

「いえ、あの――気をつけて行ってきてください」

茂吉はにっこり笑って頭を下げる。

「ありがとうございます。すぐに戻りますので」

足早に去っていく茂吉の後ろ姿を見送りながら、はなは戸口に突っ立って空を仰いだ。

どんよりとした冬曇りの空だ。灰色の空に引きずられるように、胸の内がどんどん薄暗くなっていく。

茂吉に文を渡すまでは、何の憂いもなかったはずなのに——。

はなは自室へ戻りながら、おせいに宛てた文の内容を振り返った。

近況を報せる文だ。おかしな点はなかったはず。礼を欠くような言葉も書いていないはずだし、時候の挨拶《あいさつ》や結びの言葉などが足りなかったとしても、おせいが怒るとは思えない。書き慣れぬ文を懸命に書いたのだと察して、きっと喜んでくれるだろう。このまま正式な養女になれるのだという話も、もちろん文にしたためた。

それなのに、なぜ、今、急に心が曇ってしまったのか——。

自室に入ると、はなは答えを求めるように、縫いかけの浴衣《ゆかた》を手に取った。

おせいへの文には、良太の浴衣を縫っていることも書いてある。少々気恥ずかしい気もしたが、みなのおかげで今こうして幸せになったのだと伝えたかった。

おせいに教わった風呂吹《ふろふ》き大根を伊澤家のみなに喜んでもらえたことも、しっかりと書いた。箏《こと》を褒められたこと、廊下に花を生けたこと、薙刀《なぎなた》の稽古《けいこ》をしていること――それから――。

はなは浴衣を握りしめた。縦縞《たてじま》の柄が、はなの手元でぐにゃりとゆがむ。

嘘は書いていない。

だが、すべてではなかったかもしれない。

武家に入ったら、廊下に生ける花は武器にもなる枝物を選ばねばならぬのだとか、薙刀の稽古の時は仇討《あだう》ちも意識せねばならぬのだとか、近いうちに自害の作法も覚えねばならぬのだ――などということは書けなかった。

書く必要がないと思った。

これ以上、おせいに心配をかけるわけにはいかない。

はなは浴衣を畳の上に置き、そっと息をついた。

つまり、武家での暮らしには、おせいに心配をかける常識が織り込まれているのだ。だから文の中で、ありのままをすべてさらけ出せなかった。

子供ではないのだし、起きた出来事を何でもかんでも事細かに告げる必要はない。

だが、嘘を書いたわけでもないのに、嘘を書いてしまったような、あと味の悪さが胸の中に浮かび上がった。

はなは頭《かぶり》を振る。

何を今さら――。

御家第一と考えるならば、嫁いだあとは結城家のためになることだけを考えねばならぬのだ。それが夫である良太のためになる。

結城家は隠密《おんみつ》の任も請け負う家系――。

はなの実家となる伊澤家の人々にも話せない出来事が、いずれは起こるかもしれない。養母となる登和子に相談したくてもできない事態が訪れた時、はなはじっと耐えねばならぬのだ。話し合える相手は、良太と弾正がお勤めで留守にしていれば、姑《しゅうとめ》となる涼代だけ――。

おせいに宛てた文について、これ以上は深く考えぬよう、はなは努めた。

これからは、包み隠す技も覚えねばならぬと自覚する。

「感情を表に出さぬよう、抑えなさい」と、登和子にも言われたではないか。

それに、文はもう出してしまったのだ。くよくよ考えていても仕方ない。

はなは裁縫道具を出して、縫いかけの浴衣を広げた。

良太への想いを込めて針を進めれば、ひと針縫うごとに雑念が消える気がした。

翌々日の煤払《すすはら》いは、女三人と茂吉で進めた。左内と左之助はお勤めである。

たすきと前掛をつけ、手拭《てぬぐ》いを姉さんかぶりにして、はなは裏庭へ出た。口元も手拭いで覆い、落ちてくる埃《ほこり》に備えている。

煤竹を手にした登和子が回り廊下に立った。はなとまったく同じ出《い》で立ちだ。

「わたくしと由莉は屋敷の中を清めますゆえ、はなさまと茂吉には外を頼みます」

「はい」

はなと茂吉の声が重なった。

茂吉も手拭いで頭と顔を覆っている。手には、二本の煤竹――天井まで優に届く長さである。上のほうにだけ枝葉を残しており、この枝葉で高い場所の埃を払うのだ。

はなは茂吉に向き直った。茂吉が差し出してきた煤竹を一本受け取って、屋敷の屋根を仰ぐ。軒下に埃や煤が溜《た》まっている。小さな蜘蛛《くも》の巣もあった。

はなは煤竹を両手で握りしめ、軒天井に伸ばした。一年の間に溜まった厄をすべて払い落とすつもりで、煤竹を動かしていく。

しばらくすると、木村家のほうから声が聞こえてきた。

「裏は、おれがやる。おまえは表へ回れ」

「おう」

富之進の声ではない。木村家の小者だろうか。だが、木村家の小者は一人だったはず——。

はなは隣家へ顔を向けて小首をかしげた。

「新しい下女の連れ合いも、煤払いの手伝いに参ったのでございますよ。先ほど垣根越しに顔が合って、挨拶をされました」

茂吉が手拭いの中から、くぐもった声を出す。

「下女の里から、女手も駆けつけるそうでございます」

はなは茂吉に向き直り、目を細めて微笑んだ。

「では美雪さまがご無理をされる心配は無用ですね」

茂吉は煤竹を動かしながら、うなずいた。

「旦那《だんな》さまが、ご新造さまのお体をご案じなさって、万事細やかにお手配なさったそうでございます」

「それを聞いて、わたくしも安堵《あんど》いたしました」

「昼過ぎには、うちの倅《せがれ》も人手を集めて参りますので」

何人を引き連れてくるのかは知らないが、きっと昼餉を済ませてから来る心配りなのだろうと、はなは察した。

「では、あっという間に煤払いが終わりますね」

「お任せください」

はなは軒天井を見上げて煤払いを続けた。

今日は天気がよく、柔らかな日差しが裏庭を照らしている。煤竹を握る手も、さほど冷たくはならない。日が出ていなければ、指先がかじかんでいただろう。

「今日は晴れてよかったですね」

声をかければ、茂吉は手を止めて空を振り仰いだ。

「本当に、ありがたいことでございます。師走《しわす》の十三日は、千代田《ちよだ》のお城でも煤払いをなさっておいでですから、さすがに神さまも雨を降らすわけにはいかなかったのかもしれません」

毎年十二月十三日は、将軍家の煤払いと定められている。かつては二十日に行われていたのであるが、三代将軍であった徳川家光《いえみつ》の忌日に当たるため、四代将軍家《いえ》綱《つな》の代に十三日となった。

ゆえに大名を始めとして、旗本、御家人、町家もみな将軍家に倣い、十三日に煤払いをするようになったのである。

「——と申しましても、この頃では、霜月（旧暦の十一月）のうちに済ませてしまう家も多くなっていると聞きました。お武家さまはともかく、商売をやっている家なんかは、将軍家への敬意よりも、歳末の慌ただしさを重んじてしまうのでしょうな」

　はなは神田の町を思い返した。

江戸での商売は掛売り（代金あと払い）が多いので、盆前と年末の節季（決算期）には、店の掛取り（集金人）が必死の形相で町を駆け回るのである。つけの取り立てから逃れようとする不届き者は毎年跡を絶たず、喜楽屋の常連客である乾物屋の卯太郎も、代金を踏み倒そうとした男を追っていた。

　あれは、もう一年前のことか——。

　喜楽屋では、常より早めに店を閉めたあと、夜に煤払いをしていた。

　将軍さまを軽んじるつもりはないが、やはり茂吉の言う通り、どうしても商売第一になってしまう感は否めない。

　聞いた話では、霜月どころか、神無月（十月）の末に煤払いを済ませてしまう店もあるという。そんなものかと思っていたが、御公儀に仕える御家から見れば、とんでもない常識外れになってしまうのだろうか。

意識を改めねばならぬと、はなは思った。

今後は何事も、武家の作法を第一に考えねば——結城家が謗《そし》りを受けてしまう。

はなは両手に力を込めて、煤竹を動かした。軒下に張られていた蜘蛛の巣を払う。

「しかし、このお屋敷を建てた大工は本当によい仕事をしておりますな。煤払いなどでお屋敷をじっくり見るたびに、改めて思います」

茂吉は屋敷から数歩離れて屋根を見上げ、感心しきったような唸《うな》り声を上げた。

「わしが伊澤家に仕えるようになって、間もなくのこと——雨戸の修理に来た大工と話す機会がありました。まだ若い大工でしたが、先祖がこのお屋敷を建てたそうで、代々、手入れを請け負っているそうです」

茂吉は話しながら、目だけを左右に大きく動かした。

不意に、むっと眉間《みけん》にしわを寄せて、壁の一点に煤竹を伸ばす。埃がついていたようだ。

きょろきょろと目だけを動かして、茂吉は壁の汚れを探し続ける。その姿に、はなは喜楽屋で客の様子に気を配っていた時のことを思い出した。

混み合っている店の中で、大勢の皿の空き具合を確かめる際には、はなも目だけを動かすことが多かった。あちこちで同時に料理や酒を注文されると、てんてこ舞いになって、顔や体ごと客のほうを向く余裕がなくなるのだ。

はなも茂吉と同じ位置まで下がって、屋敷を見渡した。

伊澤家の敷地は、喜楽屋よりもはるかに広い。店の中で客を見ていた時よりも、いろいろな物が多く目に入ってくる。

はなは素早く目を動かして、屋敷の壁を端から端まで見た。

小さな蜘蛛の巣があった。

はなは即、煤竹で払い落とす。

なるほど、意識して目だけを動かしたほうが、汚れを見つけやすい気がする。年の功か、茂吉には様々な知恵が備わっているようだ。

はなは茂吉を真似て、左右だけでなく、上下にも目を動かした。

また蜘蛛の巣を見つける。

はなは腕を伸ばして、煤竹で払い落とした。

茂吉が煤竹を動かしながら、はなの横に並ぶ。

「わしは手慰みに仏像を彫っておるのですが、彫りやすい木と彫りづらい木がございましてな。硬い木、割れやすい木、いろいろです。木目を上手《うま》く活《い》かすのも難しい——なんていう話をしておりましたら、雨戸の修理をしていた大工が『木の癖を見抜き、活かすのは、大工の基本だと教わった』と言いました」

はなは煤竹《すすだけ》で壁の埃《ほこり》を払いながら、小首をかしげる。

「癖を活かす……？　癖のある木は、使えないのではありませんか？」

茂吉は小さな笑い声を上げた。

「癖のない木などございませんよ」

はなは手を止めて、茂吉を見つめた。

茂吉は穏やかに目を細めている。手《て》拭《ぬぐ》いで覆われた口元は優しく微笑んでいるのだろうと思われた。

「木の種類はもちろん、育った土地の勾配《こうばい》や、暑さ寒さ、日の当たり方、雨の降り方などによって、いろんな癖が出てきます。ですが、それは悪いことばかりではございません。北で育った木は、日当たりの悪い場所に使うと、何百年も耐える立派な木材として使えるそうでございますよ。適材を適所に——人と同じでございますな」

はなは屋敷の壁に目を戻した。

では、この屋敷に使われている木材はすべて、駒場の風土に合う木から切り出されたのか――。

「木の癖をつかみ、人の癖をつかんで、大工は建物を造るそうです。どんな名工とて、家は一人で建てられませんからな。集まった者たちの心をひとつに集めなければ、よい木組みはできません」

はなは丸仙《まるせん》を思い出した。喜楽屋を贔屓《ひいき》にしてくれている、大工の集まりである。丸仙を率いる棟梁《とうりょう》の仙三《せんぞう》は、江戸一番の大工との呼び声が高く、ひと癖もふた癖もある荒っぽい若い衆をしっかりと束ねていた。

「薬草も同じです」

御薬園で働いていた日々を懐かしむように、茂吉は裏庭の木々へ目を向けた。

「日なたを好む草、日陰を好む草、水をたくさん欲しがる草、水をやり過ぎると枯れる草――持って生まれた性質をよく知り、それに合った育て方をしてやらねばなりません」

土に水が染み入るごとく、はなの胸に茂吉の言葉がじんわりと入り込んできた。

鎌倉の百姓地で生まれ育ったはなが、駒場御薬園内の武家地で上手く立ち回れるだろうか――行儀見習いなどではなく、武家の嫁として――。

はなは呆然《ぼうぜん》とした。

なぜ、そんな不安が今さら込み上げてくるのか。

登和子にも認められ、いよいよ伊澤家の正式な養女になれるのだ。あとは様々な日取りが決まるのを待つばかりではないか。

はなは良太の笑顔を思い浮かべた。

今すぐ、ここに来て、はなの懸念など笑い飛ばしてほしい。

「はなさま」

無邪気な声に顔を上げれば、顔の手拭いをはずした由莉が回り廊下を進んできていた。

「少し早いですが、昼餉にいたしましょう。母上が味噌汁《みそしる》を温めておりますので、すぐに食べられますわ。茂吉の分も用意していますよ」

茂吉が頭を下げて、顔の手拭いを取る。

「ありがとうございます。では遠慮なく」

はなも手拭いをはずして、茂吉とともに勝手口へ回った。

朝に用意しておいた握り飯と香の物が一人分、盆の上に載せられている。

登和子が汁椀《しるわん》を握り飯の横に置いた。いかにも熱々の湯気が立ち昇っている。朝の膳《ぜん》にも載せた、豆腐の味噌汁である。

登和子が盆を茂吉に差し出した。茂吉は頭を下げながら、うやうやしく受け取った。

「ひと休みさせていただいたあと、また精を出します。じきに倅《せがれ》たちも参りますので、昼過ぎからは、一気に壁や床を拭《ふ》き清めます。日暮れまでには、納屋の掃除も終わらせますので」

登和子は鷹揚《おうよう》にうなずいた。

「頼みますよ」

「はい」

茂吉はもう一度頭を下げてから、両手で盆を持って勝手口を出ていった。寝起きしている離れの小屋で食べるのだろう。

親しく言葉を交わしながら隣で煤払《すすはら》いをしても、やはり同じ場所で一緒には食べぬのか――。

喜楽屋の小上がりで、おせいと二人並んで賄の握り飯などを食べていた日々を思い出す。各家によっても違うのだろうが、奉公人の扱いは、やはり武家と町家で違うのだろう。

「はなさま、こちらへ。わたくしたちも食べてしまいましょう」

登和子に促され、はなは囲炉裏の間へ上がった。

燃える薪《まき》の前に腰を落ち着けて、湯気の立ち昇る味噌汁を飲む。

今日は天気がよいといっても、冬は冬だ。やはり外の風で体が冷やされていた。火に当たり、汁椀を手にした指先からじんと温まって、冷えを実感する。ひと口飲んだ汁の熱さが喉《のど》から腹に落ちて、さらに寒さへの痛感が募った。

具の豆腐を嚙《か》めば、優しい歯触りとともに豆腐の甘みが口の中に広がった。もうひと口汁を飲めば、味噌の甘みが豆腐の風味を追いかけていく。

次に、握り飯を頰張った。

皿にふたつ並んだ握り飯のうち、ひとつには鰹節《かつおぶし》が、もうひとつには種を取り除いてほぐした梅干が入っている。

「あぁ、これは、わたくしが握ったほうだわ」

由莉が嘆き声を上げた。

「はなさまと同じように握ったはずなのに、わたくしが作った物は、どうしてこんなに、ぼろぼろになってしまうのでしょう」

由莉が手にしている皿の上には、大きく形の崩れた握り飯が載っていた。もう箸《はし》で食べるしかないくらいに、白飯がばらばらになっている。

「ふわりとした嚙み心地の握り飯にしようと思いましたら、このように無残な姿になってしまいました。先日は、崩れぬようにしっかりと握り過ぎて、固くなってしまいましたので――」

由莉は救いを乞《こ》うような目で、はなをじっと見た。

「いったい、どうしたら上手《うま》く握れるようになるのでございましょうか」

はなは微笑ましい思いで由莉を見つめ返した。

「慣れでございますよ。握る力の加減は、体得するしかございません」

由莉は情けなく眉尻《まゆじり》を下げた。

「握り飯を作るのは簡単なようで、案外と難しいのですね。わたくし、もう何度も握っておりますが、満足のいくように作れた例《ため》しがございませぬ。握る際、力を入れ過ぎても駄目、入れなくても駄目――素朴な物ほど、奥深い気がいたします」

「確かに……由莉さまのおっしゃる通りかもしれませんね」

薙刀《なぎなた》の型や、箏《こと》の一音に通じるのかもしれないと、はなは思った。何事も、基本が整わねばならぬのだ。

「はなさまは喜楽屋で、どんな修業を積まれたのでございますか？」

由莉の問いに、はなは一瞬言葉に詰まった。

修業など何もしていない。ただ、おせいから教わった通りに作っていただけだ。店で出す料理は必ず、おせいが味を見ていたので、安心して客のもとへ運んでいけた。

もともと食べることが大好きだったので、調理場での仕事は苦にならなかった。人と接する仕事も楽しかった。

はなの頭の中に、喜楽屋の調理場で過ごした日々がよみがえってくる。

「食べてくれる方たちのお顔を思い浮かべながら、わたくしは『美味《おい》しくなあれ』と念じておりました」

由莉は小首をかしげた。

「料理をしながら、念ずるのでございますか？」

はなは大きくうなずいた。

「わたくしが勤めておりました一膳飯屋《いちぜんめしや》で『料理には、料理人の気が注がれる。だから調理場に入る時は、いつも心を晴らしておけ』と教わりました」

喜楽屋の調理場に入っているような心地で、はなは凜《りん》と背筋を伸ばした。

「きっと思いは万物に宿り、相手に伝わるのでございますよ。だから由莉さまが真心を込めてお作りになれば、料理は必ず美味しくなります。相手に喜んでもらいたいという心を強く持てば持つほど、上達も早いのではないでしょうか」

由莉は得心したような表情で、皿の上の崩れた握り飯を見つめた。

「美味しくなあれと、心を込める……わたくしは、食べてくれる方のお顔を思い浮かべる意識が足りていなかったのでございますわ。喜んで食べていただく姿を思い描きながら握れば、食べやすい固さの握り飯を作ることができるような気がしてきました」

「握り飯の固さだけには留《とど》まりませぬよ」

黙って聞いていた登和子が口を開いた。

「握り飯を渡す相手を思えば、どんな状況で食べるのか、おのずと考えるようになります。山へ踏み入る父上に作って差し上げる握り飯と、こうして煤払いの合間に自分たちで食べる握り飯では、塩加減も多少違ってくるのではありませぬか？」

由莉は「あっ――」と声を漏らした。

「山を歩けば、きっと、たくさん汗が出ます。塩を多めにしたほうがよいのかもしれませぬ。それに、大きさも――採薬の合間につまみやすいよう、あまり大きくしないほうがよいのではないでしょうか」

「父上に確かめてごらんなさい」

登和子が満足げに目を細めて、しみじみと由莉を見つめた。

「きっと思いは万物に宿り、相手に伝わる——まさに、おまえの父上がそう信じて、おまえに薬草を煎《せん》じたことがありました」

身に覚えがないと言いたげな表情で、由莉は眉根《まゆね》を寄せる。

「わたくし、病に罹《かか》った記憶などございませぬが——」

登和子は囲炉裏に目を移した。

「大きな病などではありませぬ。幼子によくある、急な発熱でした」

ぱちぱちと音を立てて燃える薪の奥に過去が眠っているかのように、登和子は囲炉裏の火を見つめ続けた。

「急な御用で遠国へ旅立たねばならなくなった早朝——夜通し熱に浮かされていた由莉のために薬を調合した父上は、おまえの様子を襖《ふすま》の陰からじっと見守っていました」

理解できぬと言いたげに、由莉は目を瞬《またた》かせた。

「父上は、何ゆえに襖の陰から——？」

「おまえが心配だったからですよ」

登和子は即答する。

「父上は武士です。感情を表に出すような真似はせぬよう、日々努めておられます」

はなは薙刀の稽古《けいこ》の時に言われた言葉を思い返した。

――感情を表に出さぬよう、抑えなさい。敵の前に弱さを晒《さら》した時点で負けですよ――。

娘を案じる心も弱さなのか。案じている顔を娘に見られないよう、襖の陰から様子を窺《うかが》っていたのか。

どんな時でも感情を表に出さぬのが――家族への情すら抑えるのが、武家の生き方なのか――。

かつて、無理に笑うことはないと慰めてくれた良太は「一人ぐらい、泣いたり怒ったりできる相手がいてもいい」と言っていた。

だが左内の逸話を聞けば、その「たった一人」に対しても、どこまで感情を見せてよいのかわからなくなってしまいそうだ。

良太にさえ、泣いたり怒ったりできなくなるのだろうかという懸念が湧いてきた。

由莉は握り飯の載った皿を置いて、居住まいを正した。

「父上が次に旅立たれる時は、わたくしが心を込めて握り飯を作りとうございます」

登和子が優しい目で由莉を見つめる。

「父上もお喜びになるでしょう」

だが満面の笑みで喜びを表すことはないのだと、はなは思った。

それが武士だと言われれば、少し寂しい気もする。

腹を抱えて大笑いする良太の顔が見たくなった。

煤払《すすはら》いが終わった夜、寝支度を整えると、はなは『論語』を手にした。由莉が使っていた綴本《とじほん》である。

下級武士の娘は、百人一首や、女子《おなご》向けの教訓書『女大学』などを学ぶと聞いたが、登和子は由莉に『論語』も教えていた。中国の思想家である孔子《こうし》の言行録である。由莉のために、わかりやすくなるよう、登和子の書き下し文と意訳が添えられていた。

ぱらぱらとめくり、目についた部分を読んでみる。はなにとって原文は難し過ぎるので、登和子の書き下し文を目で追った。

「ええと――必ずや事に臨みて懼《おそ》れ――謀《はかりごと》を好《よく》して成さん者なり――」

登和子の意訳によると、孔子が大軍を率いる際に行動をともにする者は「事に臨む時には必ず慎重になり、策を講じて成功する者である」らしい。

はなは我が身を振り返り、自嘲《じちょう》の笑みを漏らした。

つまり、良太を追って江戸へ飛び出した、はなのように無謀な者は駄目なのだ。

はなは『論語』をめくった。登和子の意訳に目を走らせる。

――立派な人物が尊ぶべき道は三つある。身なりを整え、乱暴で自分勝手な振舞いをしないように。顔色に気をつけて、誠実であれ。言葉遣いに気をつけ、道理に背いて低級にならぬように――。

「顔色に気をつけて」というのは、感情を乱さぬようにするという意味だろうか。

だが、子を案じる心を封じろとは言っていない気がする。

はなは、ため息をついた。

学とは無縁だった身に、やはり『論語』は難しい。登和子の意訳を何とか読めるようにはなったが、それは字面を追っているだけで、内容の理解までは追いつかない。

最初から理解などできなくてよいのだと、登和子は言っていた。何度もくり返し読むうちに、いつかわかるようになる項目が出てくるのだという。理解できる項目は次第に増えていくはずだから、根気よく読み進めなさいと、登和子に励まされた。

疲労を覚えながらも、はなは『論語』をめくっていく。

——学は及ばざるが如《ごと》くするも、猶《な》お之《これ》を失わんことを恐る——。

「学問は、どれだけ追っても追いつけないものであるかのように勉める。それでもなお忘れないかと恐れよ」

いったい、どこまで行ったら、完璧《かんぺき》な武士の妻になれるのか——。

前途多難に陥りそうになる。

はなは頭《かぶり》を振って『論語』を閉じた。

伊澤家の養女になれると決まったのだ。『論語』を読みきれないからといって、悲観することはない。武家の女子とて、すべての者が『論語』まで学んでいるわけではないと聞いたではないか。

はなは重い息をついた。

喜楽屋で元気よく立ち働いていた日々が無性に懐かしくなってしまう。

店の調理場で料理を作り、客のもとへ運ぶことなど、もう二度とないというのに——。

翌日も天気は良かった。冬晴れの空は青く澄んで、雲ひとつない。近隣の木々に止まっているらしい鳥たちが時折小さな鳴き声を上げている。

心浮き立つ朝と言いたいところだが、はなの目覚めは悪かった。昨夜、論語を読んで悶々《もんもん》としてしまったせいだ。

横になる直前にもう一度ぱらりと『論語』をめくった時、目についた文が頭から離れない。

――之《これ》を知る者は、之を好む者に如《し》かず。之を好む者は、之を樂《たのし》む者に如かず――。

登和子の意訳には「物事を知る者は、それを好きな者に及ばない。その物事を好きな者は、それを楽しむ者には及ばない」と書かれてあった。

知るよりも、好きが上――好きよりも、楽しむが上ということだ。

以前、御鷹匠《たかじょう》見習の戸越幹人がお勤めに悩んでいた時、喜楽屋で「極めれば、好きがすべてではないのですか!?」と叫んでいた。上役の中津小五郎にたしなめられていたが――。

好きより上があるのだと、孔子は言っている。

「之を好む者は、之を樂む者に如かず……」

はなは箒《ほうき》を手に屋敷の周りを見回りながら、空に向かって呟《つぶや》いた。

「楽しい……」

今の自分とは、だいぶ、かけ離れている気がする。

不意に風が吹いた。

庭の木々の葉が、ざわっと音を立てる。冷たい風が、うなじに絡みついてきた。

はなは、ぶるりと身を震わせる。体の芯《しん》だけでなく、心の奥底まで凍えてしまいそうな、この感じは何だろう。足元が、ぐらりと揺らぐ気がした。

「はなさま、朝餉《あさげ》の用意ができました」

振り向けば、無邪気な笑みを浮かべる由莉が立っていた。

「さ、参りましょう」

はなが隣に並ぶのを待って、由莉は歩き出す。もうすぐ本当の義《ぎ》姉妹《きょうだい》になるのだという思いが込み上げてきた。嫁いだあとも、仲睦《なかむつ》まじくつき合っていきたい。

囲炉裏の間へ入ると、すでに膳《ぜん》が整っていた。みな着席している。

はなが腰を下ろすのを待って、左内が口を開いた。

「年が明けたら、正式な手続きをする」

左内の重々しい声に、はなは背筋を伸ばした。

「年内の残り数日は、多少のんびりしておれ。年が変わると同時に、一気に物事を動かす。名も変えねばならぬぞ」

「え――」

何を言われているのか一瞬わからなかった。

左内が淡々と続ける。

「おまえの名――かな文字で『はな』は、武家の女らしくない。登和子と相談したのだが、華やかに恵まれると書いて『華恵《はなえ》』はどうだ」

「はい……」

震えそうになる声を叱咤《しった》して、はなは床に両手をついた。

「ありがとうございます。新春からは、華恵として生きてまいります」

左内に向かって深々と頭を下げる。

「来年の年始の挨拶《あいさつ》だが――」

顔を上げれば、左内が策士のような顔で口角を引き上げていた。

「結城家からは良太が参るやもしれぬな。弾正どのも、そろそろ寒さがこたえるお年頃だろう」

登和子が訳知り顔で、はなを見た。

「はなさまに、お茶を出していただきましょう」

伊澤家へ年始の挨拶にきた良太が、養女となったはなに好意を抱いたという筋書きか。事実はどうであれ、やはり世間に対しては、もっともらしい舞台が必要なのだ。

良太の顔を最後に見たこの囲炉裏の間が、駒場での二人の馴《な》れ初《そ》めの場となる——。

はなは居住まいを正して、登和子に向き直った。

「何から何まで、真《まこと》にありがとうございます」

登和子は優しく目元をゆるめた。

「あなたの礼装に、伊澤家の紋を入れておかねばなりませぬ」

はなは深々と頭を下げた。

「明日は、わたくしと寺を詣《もう》でましょう」

登和子の言葉に、はなは首をかしげながら顔を上げた。

「寺——でございますか？」

登和子は意味ありげにうなずく。

「目黒には、千代田のお城を守っておられる、お不動さまがいらっしゃるのですよ。わたくしの父の厄除《やくよ》け祈願をしたいのです。はなさまも、おつき合いくださいませ」

伊澤家に来てから、屋敷の外へ出るのは初めてだ。

「たまには外を歩くのもよろしゅうございますよ」

登和子は穏やかな目で、はなをじっと見ている。おせいに文を出してからの胸中を、すべて見透かされているような気になった。

左内が箸《はし》を持つ。みなも一斉に箸を手にした。

膳の上に載っているのは、白飯、牛蒡《ごぼう》と油揚げの味噌汁《みそしる》、香の物、揚げ出し大根だ。

はなは味噌汁を飲んだ。牛蒡のこくと、油揚げから染み出た甘みが、味噌と優しく絡み合っている。ささがきにされた牛蒡はしんなりと嚙《か》みやすく、豊かな風味を味噌汁に加えていた。

だが、いつものように心浮き立つ味がしない。

美味《うま》いとは思うが、何だか気持ちが上滑りして、口の中の味をどこか他人事《ひとごと》に感じてしまう。

物を食べるのは大好きなはずなのに、食べながら心が沈んでいくようだ。

先ほど左内から言われた言葉に衝撃を受けているのだと、はなは自覚していた。

——名も変えねばならぬぞ——華やかに恵まれると書いて『華恵』はどうだ——。

あと数日で、はなは「はな」という名を捨てねばならぬのか。

左内の言う通り、武家の女らしくはないはずだ。百姓の娘として、つけられた名なのだから。

新しい名には「華やかで恵まれた人生を歩めるように」という、左内と登和子の親心が込められていると感じる。「華」という字を入れてくれたことからしても、これまでの「はな」を否定しているわけではないとわかる。ありがたいと思う。

だが、それでも、今の自分を完全に捨て去らねばならぬのかという感が否めない。

良太のために、武家の女として生まれ変わると決めたのだ。名を変えるだけで激しく動揺するなんて、まだまだ覚悟が足りないのか――。

はなは膳の上の料理を食べ進めた。

白飯を噛みしめても、上の空でしか味わえない。

こんなにつらい食事は初めてだ。

はなは揚げ出し大根を箸で割った。口の中に押し込めて、無理やり噛み砕《くだ》く。

翌朝、由莉に見送られながら、はなは登和子に連れられて屋敷を出た。

昨日と違って灰色の雲が多く、肌で感じる以上に空が寒々しく見える。

だが雨の気配はない。雲の隙間からは時折うっすらと日が差していた。

冬木の桜が立ち並ぶ道を通り、御薬園の外へ――杉垣から離れて、森林の中を進んでいく。登和子が前を行き、供の茂吉は後ろを歩いた。はなは二人の間に挟まれている。

空の彼方《かなた》でピーッと鳥の鳴き声が上がった。

歩みを止めぬまま、登和子が鳴き声のした方角を振り仰ぐ。

「御鷹《おたか》が狩りの稽古《けいこ》をしているのでしょうか」

茂吉が同意する。

「兎でも捕まえたのかもしれませんな」

登和子が、はなを振り返った。

「御鷹といえば――三代将軍家光公が駒場で鷹狩りを催された際に、大事な御鷹が行方知れずになってしまったそうです。今から向かう目黒不動尊《めぐろふどうそん》――正式には、泰《たい》叡山滝泉寺《えいざんりゅうせんじ》という名ですが――この寺に祈願したところ、不動堂の石段下にある松の木に戻ってきたそうですよ」

登和子は前に向き直る。

「不動尊に祈れば、きっと諸願成就いたしましょう」

再びピーッと鳴き声が上がった。まるで「そうだ」と応じているかのように。

登和子は迷いのない足運びで笹藪《ささやぶ》の中の道を進み、坂道を越えてゆく。しばらく進んでも、歩く調子はまったく乱れない。なかなかの健脚だ。

時折冷たい風が吹いていても、一定の速さで歩き続けているため、さほど寒さは感じなかった。

半時（約一時間）ほど歩いて、目黒不動尊まで辿《たど》り着く。

これまで歩いてきた山林の道とは打って変わり、門前は賑《にぎ》わっていた。参道の両脇には茶店が建ち並び、土産物屋などが軒を連ねている。大きな飴《あめ》屋や、竹製の枝に小さな餅《もち》を花のようにつけた「餅花」を売る店もあった。子供の玩具《がんぐ》である唐独《とうご》楽《ま》も売っている。

登和子はまっすぐに人混《ひとご》みの中を進んでいく。はぐれぬよう、はなは登和子の真後ろを歩いた。時折振り向けば、茂吉が背後を守っている。

「境内には、青木《あおき》昆陽《こんよう》さまのお墓もあるのですよ。八代将軍吉宗公の御代に、小石川御薬園で甘藷《かんしょ》の試作をなさった方です」

「甘藷とは、さつま芋のことでございますね？」

登和子がちらりと振り向いてうなずく。

「甘藷は、飢饉《ききん》を救う救荒作物になります。八代さまが江戸へお取り寄せになり、青木さまが栽培に成功なさったおかげで、今は庶民も焼き芋などを楽しめるようになったのですよ。ゆえに青木さまは『甘藷先生』と呼ばれ、近隣の者たちに慕われたそうです。目黒不動からも近い、大鳥神社《おおとりじんじゃ》のそばに別邸を構えていらしたと聞きました」

八代将軍の時代に、さつま芋が小石川御薬園で試作されていたという話は、以前、良太からも聞いた。今思えば、公儀御薬園勤めの採薬師であり、目黒に住んでいた良太にとって、さつま芋と青木昆陽は子供の頃より馴染《なじ》み深い逸話だったのだろう。

鳥居をくぐり、本堂へ向かう。水垢離《みずごり》場、男坂を左手にして、女坂を上った。老人や子連れの女たちも上り下りしている。

本堂に着き、参拝者の列に並ぶ。集まった人々は老若男女を問わず、みな神妙な面持ちで順番を待っていた。

本堂の上にかかる灰色の厚い雲が、みなの悩みの化身に見えてくる。

ほどなくして、はなの番が来た。賽銭《さいせん》を投じて、不動尊に手を合わせる。

どうか、今この胸の中に広がっている憂いを取りのぞいてください。何の気がかりもなく、良太さんのもとへ——結城家へ無事に嫁げますように——。

不動尊の前から一歩離れ、次の者に場を譲った。

「雨だ」

並んでいる者の中から、不意に声が上がった。はなは本堂の軒下から空を見上げる。登和子も隣に並んで空を仰いだ。

ぽつぽつと小粒の雨が落ちてきている。

「曇りとはいえ、薄日が差しておりましたのに――」

困惑顔の登和子を安心させるように、茂吉が笑いかけた。

「おそらく、ひどい降りにはならないでしょう。すぐに、やむと思います。もし、やまなければ、門前の店でお二人がお昼を召し上がっていらっしゃる間に、ひとっ走りして傘を調達してまいりますので」

登和子はうなずいて、軒の外に並び続ける参拝者を見やった。

「お参りを済ませた者がいつまでも屋根の下におりますのは申し訳がないことです。門前の店へ参りましょう」

「はい」

登和子が屋根の下から出る。はなと茂吉もあとに続いた。

急ぎ足で女坂を下り、鳥居を出る。みな雨が降ると思っていなかったのか、傘を差している者はほとんどいない。

だが、落ちてくる雨粒は増えてくる。点が線になる勢いで雨が降ってきた。

茂吉に促され、すぐ目の前の小さな料理屋へ飛び込む。

「いらっしゃいませ」

店の奥から声はかかるが、誰も出てこない。見回せば、入れ込み座敷はほぼ満席だった。若い娘が一人で料理を運んでいる。

娘は、由莉と同じ年頃のようだ。雇われて間もないのか、客の前に料理を置く手つきが危なっかしい。折敷《おしき》を落としてしまわないだろうかと、はらはらしながら、はなは思わず娘の動きを目で追った。

「茶飯をふたつくれ」

「はい、ただ今」

「こっちは握り飯と煮物を二人前だ」

「すみません、少々お待ちください」

返事はしているものの、まったく客を見ていない。余裕がなさ過ぎて、今運んでいる折敷にしか目が向いていないのだ。

「あたしたちの茶飯はまだかしら」

「はい、ただ今」

必死の形相で入れ込み座敷と調理場を行き来している娘は、どの客が何を言ったのかわかっていないに違いない。

「お待たせいたしました、茶飯です」

目の前に折敷を置かれた男は「えっ」と眉間《みけん》にしわを寄せる。

「おれたちが頼んだのは握り飯と煮物だぜ」

今度は娘が「えっ」と眉《まゆ》をひそめた。

「すみません、間違えました――今すぐ握り飯をお持ちいたしますので――」

と言いながら、娘は半べそをかいている。はたから見ても明らかに混乱していた。

娘は折敷を手にしたまま体をひねり、入れ込み座敷を見回した。どこへ茶飯を運んだらよいのか、まるで見当がついていない様子だ。

客たちは、むっつりと黙り込んで娘を睨《にら》んでいる。茶飯を頼んだであろう者たちは、折敷を凝視して「それは自分の茶飯ではあるまいか」と今にも声を上げそうだ。

あちこちから同時に「おれの茶飯か」「わたしの茶飯か」と聞かれたら、娘は折敷を手にしたまま泣き出してしまうのではないかと思われた。

こんな不慣れな娘を一人で店に出すなんて――。

調理場を見ても、年配の男が一人いるだけだ。忙しく手を動かして、料理を作っている。入れ込み座敷まで料理を運ぶ余裕はないだろう。

喜楽屋と同じくらいの店構えで、ざっと見た限り品数も少ない。看板には料理屋と書かれてあったが、門前の茶店に近いだろう。はなとおせいが二人で店を切り盛りしていたことを考えれば、満席時にも何とかやっていけるはずなのだが、何といっても娘の力量がなさ過ぎる。

この娘に、客あしらいを教えてやる者はいないのだろうか。

調理場の男がちらりと娘を見て、つらそうに顔をゆがめる。

何か事情があるのか――。

はなは拳《こぶし》を握り固めた。自分が料理を運びたくなって、うずうずしてしまう。

しかし、自分は今、武家の女の姿だ。あと数日で、正式に武家の女になるのだ。

しゃしゃり出て、お運びなどするわけにはいかない。

だが、店の真ん中に突っ立って今にも泣き出しそうな娘の姿を見ていると、ひどく胸が痛んだ。

喜楽屋であれば、常連客たちが何かしら声をかけてくれるだろうに――それよりも、まず、おせいが放ってはおかないはずだ――。

「そこの娘さん、ちょっと、こちらへ」

見かねるあまり、はなは思わず声を上げた。

怒り声を出したつもりはないが、思いのほか店内に強く声が響いた。

びくりと身をすくめた娘は恐る恐る、はなを見る。怯《おび》えた目だ。客に叱られてしまうと思い込んで、萎縮《いしゅく》している。

はなは優しく微笑んで、手招きをした。

「ちょっと、こちらへいらっしゃい」

はなの手招きに引っ張られるように、娘は歩み寄ってきた。

「も、申し訳ございません――」

はなは微笑んだまま、丸まった娘の背中を優しくぽんと叩《たた》いた。

「相手が客といえ、何も言われぬ前から謝ってはいけませんよ。無銭で飲み食いをするために難癖をつけようとしていた者であれば、どういたしますか」

二度、三度と、励ますように背中を叩いてやれば、娘の肩からわずかに力が抜けた。

「落ち着きなさい。大丈夫ですから」

娘が潤む目で、こくりとうなずく。

はなは周囲の客たちに微笑みかけた。

「さすがはお不動さまのもとへ集まる方々、多少待たされてもお怒りにならず、いかにも不慣れなお運びを見守ってくださるとは、ありがたいことですね」

娘は小刻みに、こくこくと首を縦に振った。

「あたし、店に出るのは今日が初めてなんです。ここが実家とはいえ、働ける年になってすぐ、住み込みの奉公に出たので――」

胸につかえていた不安を吐き出すように、娘は続けた。

「おっかさんが突然倒れてしまったもので、奉公先にお許しをいただいて帰ってきたんですが――商家の子守りと飯屋じゃ、勝手が違い過ぎて――明日からは、手伝いの人も来てくれることになっているんですが――」

客たちの目の色が怒りから同情に変わった。

「おっかさんが……」「かわいそうになぁ」という声が入れ込み座敷から上がる。

はなは娘に目を戻した。

「それは大変でしたね。お母さまがご回復されるまで、精一杯、頑張らねばなりませんね」

娘は大きくうなずいた。

はなは入れ込み座敷の奥を指差す。

「あちらの女人が、ずっと茶飯をお待ちになっているようですよ」

入れ込み座敷の奥に座っていた年配の女二人が手を挙げた。娘は急いで茶飯を運ぶ。

「大変お待たせして、申し訳ございませんでした」

深々と頭を下げる娘に、女二人は肩をすくめながらも笑いかけた。

「いいよ、いいよ。頑張りな」

「あんた、うちの娘と同じくらいの歳かねえ。おっかさんが元気になるまで、しっかりおやりよ」

娘は顔を上げて、大きくうなずいた。

「はい――ありがとうございます！」

感涙をこらえるように、娘は唇を引き結んだ。敵だとばかり思っていた者が、実は味方だったと知ったかのような表情だ。緊張と自信のなさが綯《な》い交ぜになって、客たちを警戒する心が生まれていたのだろうと、はなは察した。

はなは入れ込み座敷の隅を指差した。

「そちらに三名座らせていただいてよろしいですか？　少し詰めていただければ、座れると思うのですが――」

はなが言い終わらぬうちに、周囲の客たちがさっと場を空けた。

「ありがとうございます」

はなは登和子を振り返った。

「さ、あちらへ」

登和子はうなずいて、入れ込み座敷へ足を向ける。

茂吉が恐縮したように眉尻《まゆじり》を下げた。

「わしは外の屋台にでも参ります。お二人と並んで食べるなど――」

「早くなさい」

はなは茂吉をさえぎった。

「店の迷惑になりますよ」

「ですが……」

茂吉は戸惑い顔で登和子を見る。先に入れ込み座敷へ上がっていた登和子が鷹揚《おうよう》にうなずいた。

「構いませぬ。外はまだ雨が降り続いているようですし、こちらへいらっしゃい」

「はい――では、お言葉に甘えまして――」

茂吉が入れ込み座敷の前に立った。促され、はなが先に座敷へ上がる。自分で草履をそろえようとする前に、さっと茂吉が下足棚へ運んでいった。

草履に伸ばしかけた手を、はなは胸の前でそっと握りしめた。

やはり、自分はもう「喜楽屋のはな」ではないのだ――。

茂吉が戻ってきて、入れ込み座敷へ上がる。

「失礼いたします」

隣の客にぶつからぬよう気を配りながら、はなから少し離れて腰を下ろす。

店の娘が茶を運びながら注文を取りにきた。

「あの――先ほどは、ありがとうございました」

深々と頭を下げる娘に、はなは優しく目を細める。

「慣れぬうちは大変でしょうが、夢中で励んでいるうちに、お客さまと接する楽しさも見えてくるでしょう。頑張ってくださいね」

娘は感激したように目を輝かせた。

「はい！」

茶飯と煮物を三人前頼むと、娘は張り切った様子になって店内を動き回り始めた。

「姉さん、こんにゃく田楽を頼む」

「はい、かしこまりました」

「お茶のお代わりをもらえるかね」

「かしこまりました。少々お待ちください」

張りのある声で返事をしながら、今度はちゃんと客のほうを見ている。怖々としていた態度が明らかに変わった。

あの娘は、きっと、もう大丈夫だ。客商売にもすぐに慣れるだろうと、はなは確信した。

入れ代わり立ち代わり、客が入ってくる。

雨はまだ降り続いているようだ。

はなは茶を飲みながら、ぼんやりと店内を見渡していた。

幼子の手を引いた老婆が入ってくる。はなたちの隣に腰を下ろした。

老婆は懐から取り出した手《て》拭《ぬぐ》いで幼子の頭を拭《ふ》きながら、握り飯と煮物を注文している。

雨で濡《ぬ》れたせいか、空腹のせいか、幼子は機嫌が悪そうだ。三歳くらいだろうか。そのうち床に寝っ転がって泣きわめき始めるのではなかろうかという表情をしていた。

母親はいないのか――それとも仕事か――どちらにせよ、日中は老婆が一人で世話をしているようだ。退屈がる孫を家の中で持てあまし、近所の不動尊まで散歩に連れてきたのだろうか――などと、何となしに想像する。

体力の衰えてきた身にとって、ぐずる子供の相手は大変そうだ。老婆はひどく疲れた顔をしていた。

「お待たせいたしました」

店の娘が、はなたちの茶飯と煮物を運んできた。

「ほうじ茶で炊いた茶飯と、煮物です」

煮物の具は、こんにゃく、里芋、人参《にんじん》、牛蒡《ごぼう》、椎茸《しいたけ》、蓮根《れんこん》だ。目黒は筍《たけのこ》の産地として有名なので、春には蓮根の代わりに筍が入るのだろうかと思われた。

「こんにゃくは、こんにゃく粉を常陸《ひたち》国から取り寄せて、うちのおとっつぁんが作っているんですよ」

こんにゃく芋は腐りやすいが、安永《あんえい》五年（一七七六年）に常陸国（茨城県）で、こんにゃく芋を乾燥させて粉にする製法が考案された。以来、こんにゃく粉が各地に送られ、様々な場所でこんにゃくが作られるようになったのである。

娘の説明を聞きながら、煮物の器を見ていると、登和子の前に置かれた煮物に向かって隣の幼子が身を乗り出してきた。物欲しそうに指をくわえて凝視している。じぃっと見つめられ、わずかに居心地が悪そうな表情をしながらも、登和子は煮物に箸《はし》をつけた。はなも茂吉も食べ始める。

味が染み込んでいて、美味《うま》い。

自家製だというこんにゃくは、こんにゃくそのものの味が濃く、噛《か》み応《ごた》えがあった。少々ざらりとした舌触りが素朴でいい。大きめの三角に切られているのは、手作りの味をしっかり味わってほしいためだろう。隠し包丁が入っているので、こんにゃくにも醤油《しょうゆ》の味がよく染みていた。

幼児の目が、登和子の煮物から、はなの煮物へ移る。じっと見つめられた。非常に食べづらい。先に譲ってやらなかったことに罪悪感を抱いてしまうような、恨みがましい眼差《まなざ》しだ。

しかし隣の食事もすぐに運ばれてきたので、幼児の目はそれて、はなも落ち着いて食べられるようになった。

店内が空《す》いてくる。

出ていく客が開けた戸の隙間から外を見れば、雨は再び小降りになったようだ。隣の幼子はおとなしく握り飯を食べている。

と思っていたら、不意にまた、ぐずり始めた。

今度は何事かと目だけを向けてみれば、煮物に入っているこんにゃくが嚙み切りづらくて、いらついている様子だ。口いっぱいに頰張ったまま、顔をゆがめている。幼児の口には、少々大き過ぎたのだろう。小さくちぎってから与えてやればよかったものを——と思いながら老婆に目をやれば、老婆もまた、こんにゃくを嚙むのに難儀しているようだった。かじりかけのこんにゃくを箸で持ったまま、つらそうな顔で、しきりに口を動かしている。

老婆の口にも、大き過ぎたか——年寄りや子供に向けた料理を出している店でもないし、料理人がこだわりを持って作り、切ったであろうこんにゃくなので、仕方がないと言えるが——。

老婆と幼子は、まだこんにゃくを嚙み続けている。美味《おい》しく味わう余裕などない様子が気の毒だ。

まさか、こんにゃくを喉《のど》に詰まらせて大事に至ることはあるまいか——という心配も出てきた。

器の中のこんにゃくは、ひとつではない。この二人は無事にこんにゃくを食べきれるだろうかと気になれば、どんどん懸念が増してくる。

ここが喜楽屋だったなら——という思いが湧いてきた。

おせいに相談すれば、きっと快く、こんにゃくを小さく切ってやれと言ってくれるだろう。

老婆と幼子のこんにゃくに包丁を入れてやりたい思いが募ってくる。

ここは喜楽屋ではないし、今のはなは武家の身なりをしている。安易に口や手を出すべきではないと、わかってはいるが——。

幼子が、ぐっと喉を詰まらせた。老婆が慌てて、幼子の背中を叩《たた》く。茶を飲ませると、幼子はごくんと喉を鳴らしてから、ぷはっと大きく息を吐き出した。口の中のこんにゃくは無事に喉を滑り落ちていったようだ。

はなは安堵《あんど》の息をついた。

老婆が困り顔で器に残っているこんにゃくを見つめる。残すべきか、残さず食べるべきか、迷っているような顔だ。

はなはさりげなく店内を見回した。いったん空いたあとは、客もまばらなままだ。調理場も落ち着いている。

「あの——」

店の娘に声をかければ、すぐにやってきた。

はなは「申し訳ありませんが」と前置きをしてから、煮物の器を手にした。

「もし、できましたら、こんにゃくを、もう少し小さく切っていただきたいのですが――」

躊躇《ちゅうちょ》しながらも、頼んでみた。

店の娘は一瞬きょとんとしていたが、すぐ納得顔になった。町女と違い、武家の女はひと口が小さいのだと思い込んでいるような表情で、大きくうなずく。

「かしこまりました。すぐに小さくして参ります」

老婆が「あっ」と飛びつくような声を上げた。

「あたしたちのも、お願いできませんかね。年寄りと小さな子供の口には、少し大きくて――」

娘は気を悪くした様子もなく、老婆に笑顔を向けた。

「構いませんよ。ちょっと待っていてくださいね」

娘が器を持っていったん下がると、老婆は心底から安堵したように大きく息をついた。幼子の頭を撫《な》でながら笑いかける。

「よかったねえ。今こんにゃくを食べやすくしてくれるってさ」

幼子も嬉《うれ》しそうに笑った。

煮物の器が戻ってくると、幼子は我先に、小さくなったこんにゃくを口に入れた。ずいぶん食べやすくなったようで、機嫌顔で咀嚼《そしゃく》して飲み込む。老婆も穏やかな表情で、こんにゃくをかじっていた。

はなも煮物を食べ進める。

ふと気づけば、登和子が茶を飲みながら微苦笑を浮かべていた。はなが出過ぎた真似をしたと思っているのだろうか——だが、細められた目元は優しげだ。

食べ終えた客が勘定を済ませて出ていく。

「おっ、雨が上がってるぜ」

戸口で響いた声に、店の中の一同は顔を上げた。

開いた戸の隙間から外を見れば、柔らかな薄日が差している。

通り過ぎていく人々の顔にも笑みが浮かんでいた。

登和子が茶を飲み終えて、ふうっと息をつく。

「傘は不要になりましたね」

「本当に、よろしゅうございました」

茂吉が弾んだ声を上げる。

「きっと、お不動さまのご加護です。帰り道も見守ってくださいますよ」

はなは曖昧《あいまい》な笑みを浮かべた。茂吉の言葉にうなずけない自分がいる。

不動尊に祈れば、きっと諸願成就するだろうと、登和子は言った。

しかし、はなが祈った直後に雨が降り出したのは、不動尊の戒めではないのかという気持ちが暗雲のように胸に立ち込めている。

不動尊は、はなの心を隅々まで見通しているのではないか。

――偽りはならぬぞ――。

どこからか重々しい声が聞こえてくるような気がした。

店を出て、空を仰げば、まだどんよりしている雲の下を一羽の鳥が飛んでいた。

――目をそむけ続けることは許さぬぞ――。

あの鳥は、どこへ行くのか。

まっすぐに飛ぶ鳥は、行く先に迷いなど微塵《みじん》もないのか、あっという間に見えなくなった。

込み上げてくる衝動を握り潰《つぶ》すように、はなは拳《こぶし》をぐっと固める。

もう一度、喜楽屋で働きたい――。

こんこんと湧き出してしまったその思いを、いったい、どうしたらよいのだろう。

自分が帰る場所はもう駒場なのだと胸の中で呟《つぶや》きながら、はなは足を動かした。

笹が茂る駒場野の道を、登和子のあとについて歩いていく。

「はなさま、お疲れになりましたか？」

屋敷に帰りついたとたん、由莉が顔を覗《のぞ》き込んできた。

「何だか、お顔の色が悪いような――」

とっさに、はなは顔に笑みを貼りつけた。

「大丈夫ですよ。とても楽しい外歩きでございました。目黒のお不動さまは、とてもご立派ですのね。人出も多くて――」

はなは登和子を振り返った。

「天気が大きく崩れなくて、本当によろしゅうございましたね」

登和子がうなずく。

「降り出した時は、帰り道の心配をしましたが、さほど濡《ぬ》れずに済んで何よりでした」

由莉が茶を淹《い》れて、囲炉裏の間に運ぶ。

はなと登和子は囲炉裏の前に腰を下ろして茶を飲んだ。

知らぬ間に相当冷えていた手で湯呑茶碗《ゆのみぢゃわん》を握り、体内に茶を流し込む。

がっと熱い塊に腹の底をつかまれたような心地がした。
茶の味は、あとから口の中に広がっていく。甘みより、渋みが舌の上に残った。
身も心も重い。
どんどん沈んでいくのを止めることができない。
まぶたの裏に浮かぶのは喜楽屋の調理場だ。
――はなちゃん――。
おせいの優しい声が聞こえてきそうな気になる。
はなは懸命に良太の顔を思い浮かべようと努めた。
今すぐ、ここへ来て、喜楽屋の面影を消し去って欲しい。
これからは、ずっと一緒だと笑って、抱きしめて欲しい。
作り笑いで胸の内をごまかしながら、はなは夜まで耐えた。
食事を終え、自室で一人になったとたん、ぐにゃりと顔がゆがんでしまう。
良太の浴衣《ゆかた》に駆け寄って、ぎゅっと抱きしめた。
はなの中で、何かがずれた。
今こうしている間にも、ずれはどんどん大きくなっていっている。
どうしよう――。

重い体を引きずるようにして寝支度を整え、はなは良太の浴衣とともに布団へ潜り込んだ。

温《ぬく》もりのない浴衣にしがみついて、目を閉じる。

良太を想う心に嘘偽りはない。

今でもまだ良太との未来を夢見ていたい。

だが、それなのに——。

胸が痛い。張り裂けてしまいそうだ。

なり振り構わず必死で良太を追い求めてきた日々が、霧の向こうにぼやける。

どうして、どうしてと、歯を食い縛ってくり返し胸の内で叫ぶが、良太の笑顔は涙の向こうにぼやけてゆく。

時の過ぎゆく実感がないままに夜は更け、明けていった。

はなは起き上がる。

身支度を整え、箒《ほうき》を手に裏庭へ出た。

素早く目を動かして、異変がないか確かめていく。

木々の枝ぶり、落ち葉、足跡の有無——。

いつもと変わらぬ日々を過ごしてゆこうと努める。

屋敷の周りを見回って、箒を片づけ、自室へ戻ろうとして、はなは立ち止まった。

廊下の壁にかけられた竹筒に目が釘《くぎ》づけになる。

生けられているのは、万両――赤い実をつけた枝物だ。

はなは竹筒の前に立ちつくした。

手を伸ばし、万両を竹筒から引き抜いて見れば、水切りされた先端が鋭く尖《とが》っている。はなは目を伏せて、唇を引き結んだ。

いざという時に身を守るためとはいえ、やはり人を傷つける前提で飾る植物を選びたくはない。

甘い考えだと責められるだろうが、やはり植物を飾るのであれば、人の目をなごませ、心を癒《いや》す草花がいい――。

はなは万両の枝先をじっと見つめた。

敵の目を狙うために尖らせた先端に、胸がしめつけられる。

万両を竹筒に戻すと、はなは大きく息を吐き出した。

「はなさま、朝餉《あさげ》の用意ができました」

由莉の声に、はなは振り向く。とっさに口角を引き上げて、作り笑いを浮かべた。

「今すぐに参ります」

由莉は首をかしげた。

「どうかなさいましたか？　何だか、お顔が――」

はなは頬に手を当て、口元に力を入れた。

「わたくしの顔が、何か――どこか、おかしいですか？」

声が震えてしまっている。

はなは必死に笑みを作り続けた。

だが、上手《うま》く笑えていないと自分でもわかる。

これ以上顔を見られないよう、はなは由莉の背中を押して歩き出した。

「さ、参りましょう。みなさま、お待ちなのでしょう？」

涙がこぼれぬよう目に力を入れて、何度もまばたきをくり返した。

左内たちには隠しきれぬとわかっていても、懸命に平静な顔を作るよう努める。

「お待たせいたしました」

明るい声を出そうとしたら、上ずってしまった。

左内、登和子、左之助が同時に、はなを見る。

誰とも目を合わせぬよう、はなはうつむいて席に着いた。

一瞥《いちべつ》だけですべて見切ったような左内と登和子の表情が怖い。胸の内のすべてを探ってくるような左之助の眼差《まなざ》しも怖い。

はなは膳《ぜん》の上をじっと見つめて、周りなど何も目に入っていないような顔で座っていた。心が大きく乱れて泣き出してしまわぬうちに、この食事の時が終わって欲しい。

左内が箸《はし》を手にした。みなが食事を始める。はなも箸を持って、味《み》噌《そ》汁《しる》に口をつけた。

汁を飲み、短冊切りにされた大根の具を食べる。白飯、香の物、椎茸《しいたけ》の煮しめにも口をつけるが、いつものように食べ進めることができない。すぐに箸を止めたくなってしまう。

無理やり嚙《か》んで、飲み込んで――まるで苦行のようだ。

「はなさま」

登和子の低い声が響いた。はなは、びくりと肩をすくめる。

そんなに武家が嫌なのですか――など、責める言葉をかけられるのかと身構えた。

「おつらそうですね。朝から具合が悪いのでしょう？」

はなは顔を上げた。

登和子がいたわるような眼差しを向けてくる。

「寺から帰ったあとも、ひどく疲れているようでした。わずかとはいえ雨に濡《ぬ》れて、風邪を引いてしまったのでしょうか」

左内が首をかしげた。

「慣れぬ暮らしの中で励み続けた疲れが出たのやもしれぬぞ」

登和子はうなずいた。

「食べられるだけ食べたら、部屋で休んでおいでなさい。片づけも、裁縫も、本日は何もしなくてよろしいですよ」

左之助も気遣わしげな目を向けてきた。

「疲労に効く薬草を煎《せん》じて差し上げましょうか」

はなは首を横に振る。

「いえ、大丈夫です。部屋でゆっくり休ませていただけば、すぐまた元気になります。やはり、少し疲れが出てしまったようです」

一同は納得顔になった。

はなの胸が、ずきんと痛む。

嘘をついているわけではないが、真実でもない。

早々に食事を切り上げて、はなは自室へ戻った。

後ろ手に襖《ふすま》を閉めて、はなは部屋の真ん中に座り込む。

さっき廊下の万両を見た時、もう駄目だと思ってしまった。

自分の居場所はここじゃない。

やっぱり武家の女にはなれない――。

大声で泣き叫びたくなる衝動を、はなはこらえた。

一時の気の迷いではないのかと、何度も自分に問いかける。

せっかく、ここまで来たのに、すべて捨てていいのか。捨てられるのか。

良太はどうする――。

何のために、自分は生まれ故郷の村を出たのか。

だが、もうここにはいられないという思いがどんどん膨らんでいく。

踏み止《とど》まれという気持ちと、このままじゃいられないという気持ちが、胸の内で激しく交錯した。

おまえはいったい、どうしたいんだと自分を責めるが、白か黒か判断するような明確な一答を出す踏ん切りがつかない。

落ち着けと、はなは自分に言い聞かせた。

とにかく落ち着け。

もし万が一にも、一時の感情であったなら、どうする。

気弱になって、ぐらついただけであっても、一度壊してしまったものは、もう二度ともとには戻らないのだ。

ここまで積み上げてきたものを、自分の手で壊していいのか。せっかく受け入れてくれた伊澤家のみなを裏切る形になってもいいのか。

良太だって、待っているのに――。

はなは頭《かぶり》を振った。

冷静になって、しっかり考えるのだ。

茶でも飲んで、気を静めて――。

ふと、たんぽぽ茶の存在を思い出した。

弥一郎が餞別《せんべつ》にくれた物だ。神田《かんだ》川《がわ》のほとりで摘んだ、たんぽぽで作ったという。

はなは風呂敷《ふろしき》に包んでおいた茶を取り出した。

これを飲んでみようという気になって、たんぽぽ茶を手に台所へ向かう。

台所には誰もいなかった。

朝食後の片づけは、すでに終えられており、台所はきちんと整っている。

登和子も由莉も、それぞれの部屋へ戻ったらしい。
左内と左之助はすでに御薬園へ出仕している刻限だ。
はなは茶を淹《い》れると、湯呑茶碗《ゆのみぢゃわん》を持って自室へ戻った。
文机《ふづくえ》の前に座り、一人静かに、たんぽぽ茶を口にする。
ほんのり甘く、ほろ苦い、大地を思わせるような風味が口の中に広がった。
これが神田の水を吸って育った、たんぽぽの茶か——。
神田川の情景が目の前を流れてゆく。
柳原土手《やなぎわらどて》を行き交う人々、葦簀《よしず》囲いの古着屋、橋の下を通り過ぎてゆく猪牙《ちょき》船《ぶね》や荷船。
それはまるで故郷を思い浮かべるような——。
飲み進めるごとに、体の芯《しん》が温かくなり、心が熱くなった。
はなは文机の上に湯呑茶碗を置いて、そこに置いてあった書物を手にした。
読みかけの『論語』だ。
ぱらりと適当にめくってみる。
——過ちては則《すなわ》ち改むるに憚《はばか》ること勿《な》かれ——。
「過ちを犯してしまった時は、ためらわず、すぐに改めよ」という意味である。

はなの胸が、どきりと跳ねた。

過ち――。

良太との未来を夢見てきたことが、間違いだったのかという思いに一瞬駆られるが、はなは即否定した。

違う――良太を想ってきた気持ちは、決して、間違いなどではなかった――。

なり振り構わず良太を追い求めてきた日々も、周囲の者には散々迷惑をかけたかもしれないが、過ちなどではなかったはずだと信じたい。

人を好きになったのだ。

自分に嘘をつき、想う心に蓋《ふた》をして生きるなど、とてもできなかった。

妻子ある男に惚《ほ》れたわけでもなく、相手も自分を求めてくれた。

二人の間に立ちはだかったのは、身分――。

身分違いの恋でも成就できる道があると聞けば、あきらめたくはなかった。幸運にも、はなは多くの助力を得て、あきらめずに済む道へ入ることができたのだ。

それなのに――。

はなは『論語』をめくる。

――吾未《われいま》だ徳を好むこと色を好むが如《ごと》くなる者を見ざるなり――。

孔子でさえ、美人より徳を愛する者に出会ったことがないというのか。

では、はなのような凡人など、恋に溺《おぼ》れても仕方ないではないかという開き直りの心境になってくる。

はなは再び『論語』をめくった。

――朝《あした》に道を聞かば、夕《ゆうべ》に死すとも可なり――。

「朝に人が生きるべき大事な道を知ることができれば、その夜に死んでも悔いはない」というのか。

生きる道――。

はなは湯呑茶碗に残っていた、たんぽぽ茶を飲んだ。

だいぶぬるくなってしまったが、まだわずかに温《ぬく》もりは残っている。

ほんのり甘く、ほろ苦い、神田の土を思わせる味――。

はなは神田川の土手に立っているような心地になった。

うららかな春の日差しの中で咲き乱れる、土手のたんぽぽ。ひらひらと蝶《ちょう》が舞い、柳の枝で雀がさえずる。

神田川を離れて目の前の須田町に入れば、喜楽屋はすぐそこだ。

自分が生きるべき道は――。

はなはふわりと時を越え、喜楽屋の店内に立っているような心地になった。

訪れる客のために真心を込めて料理を作り、にっこり笑顔で客のもとへ運んでいく。

客が抱える悲喜こもごもに料理で寄り添い、励まし、励まされて、今を生きる。

喜楽屋は、喜んで、楽しく食事ができる場所――。

はなは、そこにいたいのだ。

喜楽屋こそが、はなの居場所だったとしか思えなくなってくる。

このままでは「夕に死すとも可なり」だなんて、とても思えない。

おせいと一緒に、喜楽屋で働きたい――。

その思いに突き動かされて、はなは立ち上がった。

もう嘘はつけない。

何もなかった顔をして、このまま駒場で暮らしても、自分だけは知っている。気づいてしまった感情を、なかったことにはできない。周りの者をすべて騙《だま》せたとしても、自分自身を騙すことはできないのだ。

良太が恋しい。

けれど、駒場では生きられない。

やっぱり、はなは武家の女にはなれなかった。

喜楽屋のはなとして生きたいと、はっきりわかってしまったのだ。

はなの目から、川のように涙が流れた。

震える手で襖《ふすま》をあけて、はなは部屋を出る。

ふらりとよろけながら草履を履いて、勝手口から庭へ出た。菜園の脇や納屋の前を通り過ぎて、裏木戸へ向かう。

木戸を開けて、伊澤家を出た。

神田に帰らねばという思いが、はなの頭の中を占めている。

はなは涙を流しながら冬木の桜並木を抜けて、御薬園の敷地を出た。

杉垣から離れ、まるで何かに取り憑《つ》かれてしまったかのように、ふらふらと森林の中を進んでいく。

正しいとか間違っているとか、今はそんなこと考えられない。

ただ帰りたいという思いだけが、はなを突き動かしていた。

あたしは華恵じゃない――いつまでも、どこまでも、あたしは「はな」――「喜楽屋のはな」なんだ――。

歯を食い縛って泣きながら、はなは懸命に足を動かした。

野道を行く者は他にない。
原野に一人。
あと先を考える余裕もなく、はなは足を前に動かし続けた。
おのれの心の赴くままに突き進んでいくしかできない。
駒場野を渡ってきた冷たい風が、はなに向かって強く吹きつけてきた。
道の両側に広がっている笹藪《ささやぶ》や松の木が大きく揺れて、ざざあっと音を立てる。
はなの心を乱し、不安を大きくあおるように、風は吹き続けた。
だが、はなの足は止まらない。
前だけを見て、広大な原野の中を進んでいく。
風で涙は乾いた。
道玄坂を越え、渋谷川を越えて、富士見坂に入った。
茶屋の建ち並ぶ坂道は、今日も人通りがまばらだ。
駒場へ向かう際に良太と入った茶屋の前を素通りして、はなは神田を目指した。
急坂を上り、下っていく。
「あっ」
石敷きの道で小石を踏んで、よろけた。何とか踏み止《とど》まろうとしたが、手をついて転んでしまう。

「痛――」

手の平を見れば、血は出ていないが、小さな石粒の刺さった跡がくっきりとついていた。

手を差し伸べてくれる者は誰もいない。

はなは起き上がった。

着物についた土埃《つちぼこり》を払い、その場で足踏みをして、怪我の有無を確かめる。

大丈夫だ。ちゃんと歩ける。

この渋谷宮益町から喜楽屋までは、およそ一時――。

はなは空を仰いだ。

昼前にふらりと屋敷を出てから、どれくらい経っただろう。

富士見坂の茶屋はどこも閑散としている。旅人の少ない時季とはいえ、昼飯時であれば、もう少し客の姿があるだろう。飯時は、とっくに過ぎているのだ。

冬は日暮れが早い。

今はまだ明るくても、神田へ着く頃には辺りが暗くなっているかもしれない。

はなは歩き始めた。

宮益町からは、武家地や町人地が続く。笹藪や松林の野道は終わったといっても、提灯《ちょうちん》も持たずに夜道を進むのは避けたいところだ。

一刻も早く、神田へ戻らなくては——。

ふと、はなは足を止める。

戻って、どうなるだろう。

みんなの多大なる助力を受けて、意気揚々と駒場へ旅立ったのに——。

今さらおめおめと戻って、受け入れてもらえるだろうか。

どんなに人のよいみんなでも、さすがに呆《あき》れ果てるかもしれない。

それに、喜楽屋ではすでに新しい者を雇い入れているかもしれないのだと、ここに来て思い至った。

はなの帰る場所など、もうどこにもないのかもしれない。

進退これきわまる——万事休すか——という気分になる。

だが、坂道の途中にいつまでも留《とど》まっているわけにはいかない。

はなは覚悟を決めて、前へ一歩踏み出した。

目指すは神田だ。後ろは振り向かない。あと戻りなどできるわけがない。

にじむ涙を手の甲でぐいと拭《ぬぐ》って、はなは歩いた。

足取りは重いが、もう止まらない。ゆっくりでもいいから、前へ進むのだ。

やがて茜空《あかねぞら》が頭上を覆った。

赤坂から日本橋を回って、神田へ入る。

昨夜ほとんど眠っていないせいか、左内が言っていたように慣れぬ暮らしの中での疲れが出たのか、ここに来るまで思ったような足取りでは歩けなかった。途中、何度も道の端に立ち止まり、足を休めてしまった。

すでに日はとっぷり暮れている。

しかし日本橋や神田では町の明りがあちこちできらめいて、歩くのにそう難儀はしなかった。勝手知ったる町の中だという、安心感もある。

喜楽屋は、もうすぐそこだ。

やっと帰ってきたという思いが、ぐっと胸に込み上げてくる。

と同時に、やはり怖さも湧き上がってきた。

もし、すでに別の奉公人が喜楽屋にいて、はなの居場所などもうなかったら——

という思いが拭い去れない。

大通りを見渡せば、料理屋や居酒屋には大勢の客たちが出入りしていた。

喜楽屋も、今頃は大忙しの最中だろう。

ただでさえ、ばつが悪いのだ。何の悪びれもなく「ただいま！」と飛び込んでいく真似はさすがにできない。

はなは大きく息をついた。

少し辺りを歩いて、気持ちを落ち着けてから、喜楽屋へ行こう――。

須田町を通り抜け、筋違橋《すじかいばし》のたもとにある八《や》ツ小路《こうじ》まで出る。川のほとりに、夜蕎麦《よそば》売り。掛行燈《かけあんどん》を灯《とも》した屋台の看板には「二八」の文字が見えている。

蕎麦汁の濃い香りが、風に乗って、ぷぅんと鼻先に漂ってきた。

はなの腹が、ぐーっと鳴る。着の身着のままで駒場を出てから、飲まず食わずだったと思い出す。

帯の上から腹を押さえて、はなは苦笑した。

人は、どんな時でも腹が減るのだ。

食べることは、生きること。

笑顔で物を食べられるということは、きっと幸せの証《あかし》なのだろう。

はなは筋違橋へ進んだ。暗がりの中、行き交う人々の提灯を頼りに、欄干を手でなぞりながら、ゆっくりと歩いていく。

橋の真ん中に立って、神田川を見下ろした。

川面《かわも》は真っ暗だ。水音は聞こえるが、その流れが見えない。

はなは川の流れに耳を傾けながら、空を仰いだ。

星が出ている。

北のひとつ星を探していると、突然、顔に明りが向けられた。

眩《まぶ》しさに目を細めながら明りに顔を向ければ、提灯を掲げた男が一人。呆然《ぼうぜん》とした面持ちで眉《まゆ》をひそめ、口を半開きにしている。

はなは息を呑《の》んだ。

「弥一郎さま——」

「何をやっているのだ、この馬鹿女が」

信じられぬと言いたげに、弥一郎は首を横に振った。

こちらへ一歩詰め寄り、提灯ではなを照らしながら、はなの頭のてっぺんから足の爪先《つまさき》まで何度も目を走らせる。

一瞬だけ痛ましげに顔をゆがめて、弥一郎は大きなため息をついた。

「だから言ったであろう」

弥一郎の苦しげな声に、はなは目を伏せた。

「あたし――あたし――」

言葉が喉《のど》に詰まった。

涙がひと粒ぽろりとこぼれ落ちる。

はなは深くうつむいた。

落ちていった涙を追うように、かくりと膝《ひざ》が崩れる。疲れが突然、どっと足にきたようだ。はなは踏ん張って、欄干につかまりながら体勢を立て直した。

「まったく、おまえは変わらない。江戸へ来た時と同じではないか」

顔を上げれば、提灯の明りの中で弥一郎が優しく目を細めて苦笑していた。

「養生所へ運び込まれた時も、ぼろぼろだったぞ」

はなは唇を震わせながら口角を引き上げた。

「あたし、やっぱり進歩がないんでしょうか」

弥一郎は苦笑したまま、うなずいた。

「だが、それがおまえだ。仕方あるまい」

はなは、くしゃりと顔をゆがめた。

涙をこらえて空を振り仰げば、頭上の星たちが笑うように瞬いている。

お帰りと、そう言われている気がした。

『論語』を現代語で解釈するにあたり、左記の文献を参考にさせていただきました。

『超訳　論語「人生巧者」はみな孔子に学ぶ』田口佳史著（三笠書房）
『田口佳史のこれだけは言っておきたい「人生の要点」』（イメージプラン）
『現代語訳　論語と算盤』渋沢栄一著　守屋淳訳（筑摩書房）
『野村の実践「論語」』野村克也著（小学館）

『論語』の書き下し文については『超訳　論語「人生巧者」はみな孔子に学ぶ』田口佳史著（三笠書房）より引用させていただきました。

この場を借りて、心より御礼を申し上げます。

本書は書き下ろしです。

はなの味《あじ》ごよみ

蛍《ほたる》の約束《やくそく》

高《たか》田《だ》在《あり》子《こ》

令和3年 8月25日　初版発行
令和6年 11月30日　再版発行

発行者●山下直久

発行●株式会社KADOKAWA
〒102-8177　東京都千代田区富士見2-13-3
電話　0570-002-301（ナビダイヤル）

角川文庫 22791

印刷所●株式会社KADOKAWA
製本所●株式会社KADOKAWA

表紙画●和田三造

●お問い合わせ
https://www.kadokawa.co.jp/（「お問い合わせ」へお進みください）
※内容によっては、お答えできない場合があります。
※サポートは日本国内のみとさせていただきます。
※Japanese text only

ISBN 978-4-04-111257-1　C0193

角川文庫発刊に際して

角川源義

第二次世界大戦の敗北は、軍事力の敗北であった以上に、私たちの若い文化力の敗退であった。私たちの文化が戦争に対して如何に無力であり、単なるあだ花に過ぎなかったかを、私たちは身を以て体験し痛感した。西洋近代文化の摂取にとって、明治以後八十年の歳月は決して短かすぎたとは言えない。にもかかわらず、近代文化の伝統を確立し、自由な批判と柔軟な良識に富む文化層として自らを形成することに私たちは失敗して来た。そしてこれは、各層への文化の普及滲透を任務とする出版人の責任でもあった。

一九四五年以来、私たちは再び振出しに戻り、第一歩から踏み出すことを余儀なくされた。これは大きな不幸ではあるが、反面、これまでの混沌・未熟・歪曲の中にあった我が国の文化に秩序と確たる基礎を齎らすためには絶好の機会でもある。角川書店は、このような祖国の文化的危機にあたり、微力をも顧みず再建の礎石たるべき抱負と決意とをもって出発したが、ここに創立以来の念願を果すべく角川文庫を発刊する。これまで刊行されたあらゆる全集叢書文庫類の長所と短所とを検討し、古今東西の不朽の典籍を、良心的編集のもとに、廉価に、そして書架にふさわしい美本として、多くのひとびとに提供しようとする。しかし私たちは徒らに百科全書的な知識のジレッタントを作ることを目的とせず、あくまで祖国の文化に秩序と再建への道を示し、この文庫を角川書店の栄ある事業として、今後永久に継続発展せしめ、学芸と教養との殿堂として大成せんことを期したい。多くの読書子の愛情ある忠言と支持とによって、この希望と抱負とを完遂せしめられんことを願う。

一九四九年五月三日